KB048888

문 밖 의 동 물 들

문밖의 동물들

행복한 공존을 위한 우정의 기술

박종무 지음

샘터

말할 수 없는 것에 관해서는 침묵해야 한다.

- 비트겐슈타인L. Wittgenstein

함께 살아가기에 아직 늦지 않았습니다

우리는 다양한 생명체에 둘러싸여 살아가고 있습니다. 우리 주변에 있는 생명체와 어떻게 살아가는 게 좋을까요? 이 시대를 살아가는 동물들은 인간으로 인해 수많은 고통 속에 놓여 있습니다. 가축은 돈벌이의 수단으로 전락했고, 산란계 농장의 수평아리는 수컷이라는 이유만으로 부화하자마자 갈려서 다른 가축의 사료로 쓰입니다.

치킨으로 소비되는 병아리는 정상적인 성장 속도를 무시한 채 체중이 빨리 늘도록 사육되다가 30일 남짓 지나면 도축됩니다. 비좁은 공간에서 사육되는 산란계와 돼지는 지속적인 스트레스로 인해 다른 동물을 공격하는데, 이를 막기 위해 병아리의 부리를 자르고 새끼 돼지의 이빨을 뽑습니다. 최근에는 '행동 풍부화'를 통해 스트레스를 덜 받도록 환경을 개선하는 동물원도 있지만, 여전히 많은 동물원이 콘크리트 바닥의 좁은 공간에서 동물을 사육합니다. 또한 반려동물이라는 개념이 자리 잡고 반려 가구가 늘었지만, 한 해에 십만 마리가 넘는 반려동물이 유기되며 그중 절반가량은 열흘 만에 죽음을 맞습니다. 동물의 삶은 그 어느 때보다 비참합니다.

인간의 끝없는 욕망과 그 욕망에 날개를 달아준 과학의 가파른 발전으로 생태계는 깊은 상처를 받고 있습니다. 치어까지 잡아 올리는 대형 '쌍끌이 어선'으로 인해 바닷속 무궁했던 물고기가 고갈되고, 아마존은 축산업으로 인해 빠른 속도로 파괴되고 있습니다. 화학비료로 무리하게 영양분을 뽑아낸 토지는 급속한 산성화, 사막화

현상이 나타나고 있습니다. 인간의 과다한 자연 파괴와 화석 연료의 사용으로 기후 위기는 더욱 심각해지고 있습니다.

기후 위기는 아주 먼 미래의 이야기가 아닙니다. 세계 여러 연구 기관에서는 2050년에 이르면 세계 주요 도시가 사람이 살기 힘든 수준의 환경이 될 것이라고 입을 모읍니다. 극심한 한파, 폭우, 무더위, 가뭄 등의 기후변화가 지금까지 인류가 경험하지 못한 심각한 수준일 것이라고 경고합니다. 기후 위기는 어느 지역이나 특정 국가에 한정된 문제가 아닌, 전 세계가 겪는 일입니다. 전 지구적인 과제라는 것입니다. 자연 앞에서 겸손함을 잃어버린 인간이 당장의 이익만을 좇으며 자연과 생명을 갈취해온 결과입니다.

지금부터라도 인류 공동체는 우리 삶을 온전히 유지할 수 있도록 어떻게 생태계를 보전해야 하는지 고민해야 합니다. 생태계에 부담을 주는 무분별한 개발을 돌아보고 줄여야 할 것은 점차 줄여나가야 합니다. 축산물을 비롯해 에너지와 전파, 한정된 자원의 소비 역시 마찬가지입니다. 어쩌면 풍요롭고 편리한 일상에 당장의 많은 불편함이 생길 수도 있습니다. 하지만 미래 세대를 위해 최소한 그들이 숨 쉬고 살아갈 수 있는 환경을 남겨줘야 하지 않을까요?

기후 위기를 두고 많은 이들이 '화살이 활시위를 떠났다'고 우려합니다. 이미 심각해질 대로 심각해진 상황이라는 것입니다. 그렇다고 우리 삶의 터전인 지구를 포기할 수는 없는 일입니다. 더 늦기 전에 변화해야 합니다. 인간의 이성과 뛰어난 과학은 인류의 자랑입니다. 실제로도 인간의 이성과 과학은 매우 경이로운 수준입니다. 지금까지는 이러한 능력을 인간만을 위해 사용해왔다면, 이제는 지구 공동체와 나눌 차례입니다.

이 책에서는 그동안 제가 수의사로서 일해오며 경험하고 관찰했던 동물에 관한 이야기를 해보려고 합니다. 이는 생명에 관한 이야기이자 나 자신과 가족, 친구들 그리고 전 지구적 공동체에 관한 이야기이기도 합니다. 인간은 홀로 존재하는 것이 아니라 지구 생명체의 일원으로서 존재한다는 것을 깊이 인식해야 합니다. '약육강식'이 자연 불변의 질서라는 생각은 잠시 내려놓고, 생명 공동체의 온전함 속에 인간도 온전할 수 있다는 인식의 전환이 필요한 때입니다.

함께 살아가기를 포기하기에는 아직 늦지 않았습니다. 인류의 뛰어난 능력과 지구 생명체에 내재된 생명력으로 우리가 직면한 문제를 헤쳐나갈 수 있습니다.

어떤 수의사 이야기

12

한 수의사가 있습니다. 서울에서 조그만 동물병원을 하며 30년 가까이 강아지를 치료했습니다. 사람들은 수의사라고 하면 동물을 끔찍이 사랑해 이 직업을 택했으리라 생각합니다. 하지만 그 수의사는 동물을 엄청 사랑했던 것 같지는 않습니다. 1970~80년대 마당이 있는 가정에는 으레 집 지키는 개 한 마리씩은 있었듯이 그의 집

마당에도 늘 개 한 마리가 있었습니다. 누렇게 생긴 개는 누렁이, 얼룩무늬는 바둑이 그런 이름의 개들 말입니다. 그는 이따금 태어나는 강아지를 예뻐하고 돌보긴 했지만, 애틋하게 기억되는 개는 없습니다. 특별히 동물을 좋아하지도 않았던 그가 어떻게 수의사의 길을 선택한 것일까요. 어쩌면 그는 누군가의 고통에 민감한 사람이었기 때문일지도 모르겠습니다.

가난한 산골 마을에서 태어난 그의 부모는 아는 사람 하나 없는 서울에 상경했습니다. 가진 것, 배운 것 없는 그들의 처지를 자식에게까지 물려주지 않겠다는 의지 하나만 가지고 타지 생활을 시작했습니다. 부친이 당장 할 수 있는 일은 막일뿐이었습니다. 고된 일을 하고 노임을 떼이는 일도 다반사였다고 합니다. 삶이 고단해서인지 그들의 생활은 늘 소란스러웠고 부부싸움을 하는 경우도 잦았습니다. 자식에게 헌신적으로 뒷바라지를 했지만, 그 방식은 투박하고 세련되지 못해 '사랑의 매'를 자주 들고는 했습니다. 지금은 자녀에 대한 체벌이 금지되었지만, 그때만 해도 '자식은 때려서' 키우는 게 상식처럼 받아들여졌던 시절이었습니다. 장남이었던 그는 부모의 시행착오를 소낙비처럼 오롯이 맞았습니다. 어린 시절 기억이 선명하지 않지만 시시때때로 맞았던 기억, 한겨울에 옷이 홀딱 벗긴 채 쫓겨나 옥상에 있던 닭장에서 추위를 피하던 기억이 생생합니다. 그 고통의 기억이라는 게 얼마나 힘이 센지 그는 잘 알고 있습니다.

진학을 고민하던 고등학교 시절, 인간의 폭력에 고통받는 동물이 눈에 들어왔습니다. 그 고통을 가벼이 여기지 않는 누군가가 '결자해지'의 몫을 지닌 게 아니었을까요. 누구도 시키거나 부여하지 않았지만, 스스로 짊어진 책임 같은 것. 상처받은 동물을 누군가는 도와주어야 한다는 생각이 들었습니다. 자연스럽게 그가 선택한 직업은 수의사였습니다. 전문직에다가 사람을 상대로 하지 않아도 되는 이 직업은 수줍음이 많았던 소년에게 딱 맞는 일이었습니다. 그렇게 소년은 고등학교 1학년 때 삶의 목표를 수의사로 결정했습니다.

수의학과에 입학한 그는 대학 시절, 근대사의 아픔과 그것에 숨겨진 폭력을 알게 되면서 사회적 약자의 고통에 더 예민하게 반응하게 되었습니다.

가정에 허락된 폭력, 학교에서 묵인되는 폭력, 국가가 자행하는 폭력, 그는 어른이 되기까지 수많은 폭력의 목격자가 되었습니다. 수의사의 아내는 그에게 약자가 폭력을 당하거나 부당한 상황에 처하는 걸 보면 마치 자기 일처럼 분노한다고 말합니다. 그 분노가 때로 그의 삶을 곤혹스럽게도 만들지만, 폭력 앞에서 더는 뒷걸음질 치고 싶지 않다고 생각합니다. 특히 스스로 고통을 대변할 수 없는 동물에 행해지는 폭력 앞에 무거운 책임을 느낍니다. 어떻게 하면 동물의 고통을 조금이라도 줄일 수 있을까, 사람들의 동물에 대한 생각을 어떻게 변화시킬 수 있을까. 그 고민이 조금씩 쌓여 글이 되었습니다. 앞으로도 동물의 고통에 등 돌리고 걷지 않기 위해 계속 글을 쓰려고 합니다.

차례

1장

우리 주변의
동물과
공존하기

내 삶에 반려동물을 들인다는 것

영상 속의 동물을 귀여워하는 것과 실제 내 삶의 공간으로 동물을 들여와 키우는 일은 너무나 다른 일입니다. 반려동물을 위해 온 가족의 시간과 에너지, 돈을 할애할 여유가 있는지 반드시 따져봐야 합니다. 또 가족 구성원 모두가 반려동물을 데려오기 전 의사결정 과정에 동참해야 합니다. 그래야 가족 모두에게 책임감이 생기기 때문입니다.

요즘은 TV나 유튜브에서 반려동물에 관한 이야기를 쉽게 볼 수 있습니다. 강아지나 고양이와 관련된 동영상을 보다 보면 시간 가는 줄 모르고 빠져들게 됩니다. 화면 속의 작은 동물들은 마냥 귀엽고 사랑스럽기만 합니다. 이런 동물들과 같이 산다면 근심, 걱정도 사라지고 행복할 것만 같습니다. 우리는 반려동물이 선사할 행복만을 상상하며 동물을 기르기 시작합니다. 특히 어린 친구들은 주변에서 강아지를 키우는 모습을 보고, 자신도 기르고 싶다고 부모님에게 조릅니다. 기르게만 해주면 자기가 다 알아서 할 것처럼 설득합니다. 하지만 막상 기르게 되면 어떨까요? 처음에 보였던 관심은 온데간데없이 사라지고 어느 순간 어른의 몫이 되어버리고 맙니다.

강아지가 건강하게 자라기 위해서는 챙겨주어야 하는 것이 꽤 많습니다. 어릴 때는 전염병에 걸리지 않도록 여러 차례 예방주사를 맞혀야 합니다. 또 질 좋은 사료와 간식을 먹여야 건강하게 성장합니다. 시시때때로 애견미용실에서 털도 다듬어주고, 어쩌다 아프기라도 하면 동물병원에 데리고 가서 치료도 해줘야 합니다. 특히 반려동물이 나이 들면, 오랫동안 돌봐야 하는 심장병이나 신부전 같은 질환을 앓기도 합니다. 모두 돈이 들어가는 일들입니다. 맞습니다. 반려동물을 키우기 위해서는 적지 않은 돈이 들어갑니다. 동물에 대한 애정과 관심만으로 잘 키울 수 있는 것이 아닙니다. 반려동물을 키우기 전에는 반드시 경제적인 부담을 감당할 수 있는지 충분히 고려한 후 결정해야 합니다. 섣부른 결정으로 한 생명이 불행해지는 일은 없어야 합니다.

강아지를 키우고자 할 때 고민해야 하는 부분은 경제적인 것뿐만이 아닙니다. 우리는 인간을 사회적 동물이라고 합니다. 한 사람의 성장은 수많은 관계 속에서 이루어집니다. 우리는 타인과 원만한 관계를 위해 어릴 적부터 친구도 사귀고 교육을 받습니다. 강아지 또한 마찬가지입니다. 강아지도 사람이나 다른 개와 원만한 관계를 맺기 위해서는 적절한 사회화가 이루어져야 합니다. 강아지는 생후 3주에서 4개월 사이의 사회화 기간에 경험한 것을 자연스럽게 받아들입니다. 이 시기에 다른 강아지들과 자주 만날 수 있도록 해주고 또 다양한 사람을 경험할 수 있도록 해주어야 합니다. 이러한 과정이 없다면 다른 개들이나 낯선 사람을 두려워하게 됩니다. 또 혼자 있는 것을 무서워하는 분리불안 증상이나 반대로 공격적인 성향을 보이는 등 다양한 문제 행동이 나타날 수도 있습니다. 반려견이 건강한 사회성을 기를 수 있도록 돌보는 일은 반려인과의 행복한 생활을 위해서도 꼭 필요한 일입니다.

반려견이 성장한 후에는 함께 노는 시간을 충분히 가져야 합니다. 반려견은 장난감처럼 내가 놀고 싶을 때만 가지고 놀고 그렇지 않을 때는 집 한구석에 가만히 놔둬도 되는 물건이 아닙니다. 규칙적으로 산책시켜주어야 이런저런 호기심이 충족되어 스트레스가 쌓이지 않습니다. 그렇기 때문에 반려동물을 키우기 위해서는 경제적인 여유만큼 시간적인 여유도 중요하게 고려해야 합니다.

휴대폰 속 영상의 반려동물을 귀여워하는 것과 실제 내 삶의 공간으로 들여와 키우는 일은 너무나 다른 일입니다. 반려동물을 위해 온 가족의 시간과 에너지, 돈을 할애할 여유가 있는지 반드시 따져봐야 합니다. 또 가족 구성원 모두가 반려동물을 데려오기 전 의사결정 과정에 동참해야 합니다. 그래야 가족 모두에게 책임감이 생기기 때문입니다. 강아지를 돌보는 일이 오로지 엄마의 몫이 되거나 가족 누군가의 부담이 되어서는 안 됩니다. 반려동물과의 행복한 생활을 위해서는 그런 번거로움을 충분히 나눌 수 있는지 함께 고민하여 결정해야 하고, 키우기로 했다면 온 가족이 도와야 합니다.

반려인 천만 가구 시대, 유기동물이 증가하는 이유

유기동물보호소의 문제는 명확합니다. 유기동물보호소는 명칭 그대로 유기동물을 보호해주는 곳이어야 합니다. 보호소에 들어간 유기동물의 절반 정도가 10여 일 만에 죽음을 맞게 되는 곳을 보호소라고 할 수 있을까요?

26

‘반려인 천만 가구 시대’라는 뉴스가 나올 만큼 반려동물을 키우는 사람이 늘어났습니다. 반려인이 증가하면서 동물에 대한 사람들의 인식도 많이 개선되었습니다. 동물학대가 사회적 문제로 대두되고 동물권에 대한 논의도 활발해졌습니다. 이렇게 긍정적인 부분도 있지만, 부정적인 부분도 있습니다. 대표적인 문제가 바로 유기동물의 증가입니다. 도대체 왜 사람들은 가족처럼 함께 지내던 동물을 버리는 걸까요?

이와 관련된 통계는 없어 정확한 이유는 알 수 없지만, 동물병원에서 진료하다 보면 간혹 예전에 어떤 이유로 키우던 동물을 다른 집으로 보내게 되었는지 이야기를 듣게 되는 경우가 있습니다. 그 이유에는 여러 가지가 있지만, 대체로 다음과 같습니다. 성견이 된 수컷이 집 안 여기저기 오줌을 누고 다녀 지린내가 너무 나서 더는 키울 수가 없었다. 혼자 두고 나가면 너무 짖는 바람에 이웃집과 분쟁이 잦았다. 아이가 사달라고 해서 사줬는데 정작 별로 관심을 두지 않았고 다른 식구들은 너무 바빠서 돌봐줄 사람이 없었다. 반려견이 사나워 이웃 주민을 무는 문제 행동을 했었다. 아이가 태어났는데 집안 어른들이 동물을 키우지 못하게 했었다.

그런데 입장을 바꿔놓고 생각해보면 이런 문제가 있는 개를 어느 집에서 반길까요? 집에 데려오자마자 여기저기 오줌을 누고 다니고, 으르렁거리면서 사람을 경계하고, 심하게 짖기까지 한다면 새로 입양한 사람도 진저리를 치며 견디지 못해 파양해버리고 말겠지요. 보낼 곳을 찾지 못하면 길에다 버리고 맙니다. 심지어 반려동물을 데리고 섬에 놀러 갔다가 두고 가는 경우도 많다고 합니다. 섬은 동물을 유기할 가장 확실한 장소이기 때문입니다. 절대 쫓아오지 못할 테니까요. 가족으로 맞이했던 생명인데, 참 잔인하지요. 그렇게 버려진 동물이 2020년도에 13만 마리가 넘습니다.

이렇게 버려진 동물들은 어떻게 될까요? 동물보호 관리시스템이 체계화되면서 버려진 동물을 지자체에 신고하면 지자체에서 포획합니다. 각 지자체와 계약을 맺은 유기동물보호소는 유기동물을 가두어두고 어떤 동물이 언제, 어디에서 구조되었는지 인터넷 홈페이지에 공고합니다. 공고한 후 열흘이 지나도록 보호자가 찾아가지 않으면 동물의 소유권은 지자체로 넘어갑니다. 지자체에서는 입양을 보내거나 그것도 여의치 않으면 안락사를 시킵니다. 이렇게 안락사를 당하는 동물이 전체 유기동물의 20%가량 됩니다.

유기동물보호소에서는 왜 유기동물을 안락사하는 걸까요? 보호소에서 보호할 수 있는 유기동물의 수는 한정되어 있는데 계속해서 유기동물이 구조되어 보호소에 들어오기 때문입니다. 빈자리를 마련하기 위해 먼저 들어온 동물을 안락사시키는 것이지요. 또 유기견 한 마리에 책정된 예산이 20만 원이 채 안 되기 때문에 그 예산으로 돌볼 수 있는 기간만큼만 돌보는 것입니다. 이 모든 과정 중에 과연 '보호'라고 할 만한 것이 있는지 의문입니다.

열악한 환경의 유기동물보호소.
이런 곳에서 생활하는 유기동물은 치명적인 전염병에 노출되어 있다.

게다가 보호소에 들어가 안락사를 당하기도 전에 죽는 경우가 27%에 이릅니다. 이 사실을 처음 접하는 이들은 통계에 '자연사'라고 밝혔으니, 별다른 의심도 하지 않습니다. 유기동물의 건강이 그만큼 좋지 않아 자연스럽게 죽었나 보다 생각할 수도 있습니다. 하지만 보호소에 들어가는 유기동물 중 열흘 만에 죽을 정도로 건강이 좋지 않은 경우는 그다지 많지 않습니다. 건강하던 유기동물들이 유기동물보호소의 열악한 위생 상태로 인해 장염이나 홍역 같은 치명적인 전염병에 걸려 죽음을 맞는 것

워싱턴, 아이오와에 위치한 안락사를 시키지 않는 동물보호소의 개

입니다. 보호의 명목으로 유기동물보호소에 들어온 멀쩡한 유기동물이 열흘 만에 병을 얻고 죽게 되는 아이러니한 상황이 반복되고 있습니다.

유기동물보호소의 문제는 명확합니다. 유기동물보호소는 명칭 그대로 유기동물을 보호해주는 곳이어야 합니다. 보호소에 들어간 유기동물의 절반 정도가 10여 일 만에 죽음을 맞게 되는 곳을 보호소라고 할 수 있을까요?

안락사는 동물의 극심한 고통을 해결해줄 수 없을 때 편안하게 죽음을 맞도록 하는 최후의 수단입니다. 여기에서 주목해야 할 부분이 있습니다. 첫째 안락사의 목적이 죽음을 맞는 동물을 위한 행위라는 것. 둘째 그 절차는 고통 없이 행해져야 한다는 것입니다. 하지만 현재 유기동물보호소에서 실시하고 있는 안락사는 고통받는 동물을 편안히 죽음을 맞도록 하기 위해서가 아니라 다른 유기동물의 자리를 마련하기 위해 시행되고 있습니다. 안락사의 방식만 지켜질 뿐 목적과는 상관없이 진행되는 것입니다. 안타깝게도 보호소 유기동물의 죽음은 사실상 안락사가 아닌 살처분이라고 부르는 것이 더 정확한 형국입니다.

유기동물의 안락사를 근원적으로 해결할 방법은 무엇일까요? 그것은 동물이 버려지는 것을 최대한 방지하는 것입니다. 우리나라에서도 동물이 버려지는 것을 방지하기 위해 동물등록제를 2014년부터 의무화했습니다. 하지만 정책만으로는 한계가 있습니다. 동물을 키우는 사람들이 스스로 동물을 버리는 일이 없도록 해야 합니다. 반려동물을 처음 가족으로 맞이했을 때 그 마음을 잊지 않았으면 좋겠습니다.

버려진 동물을 돌보는 사람들

반려동물을 키우고자 한다면 애견숍에서 '구입'하는 대신 유기동물을 입양하는 쪽으로 생각을 전환해야 합니다. 또한 순종을 고집하는 태도도 바꾸어나가야 합니다. 유기동물을 입양해 키운다고 해도 반려동물과의 행복한 생활은 얼마든지 가능합니다. 유기동물을 입양하는 일은 죽음에 내몰린 한 생명을 살리는 길입니다.

우리 눈에는 잘 띄지 않지만, 전국 곳곳에 유기동물을 보호하는 시설이 있습니다. 몇십 마리에서 몇백 마리에 이르기까지 시설의 규모도 다양합니다. 그런 곳을 '사설동물보호소'라고 부릅니다. 2018년 실시한 사설동물보호소 실태 조사에 따르면 전국적으로 82개의 사설동물보호소가 있으며 그중 100마리 미만을 보호하는 시설이 70여 곳, 300마리 이상을 보호하고 있는 곳도 아홉 곳이나 되었습니다. 몇 곳의 사설동물보호소 이야기를 해보겠습니다.

경기도 용인에 '행강'이라는 사설보호소가 있습니다. '행복한 강아지가 사는 집'의 줄임말입니다. 번식장에서 더는 새끼를 낳지 못해 보신탕집으로 팔려나가거나 유기동물보호소에서 안락사를 당하기 직전의 개를 구조하여 현재 200여 마리를 돌보고 있습니다. 그곳의 목표는 구조한 개들을 입양 보내거나 그렇지 못하는 경우 마지막 순간까지 돌보는 것입니다. 매년 몇십만 마리의 개들이 보신탕집에 팔려 가고 또 몇만 마리의 유기견이 안락사를 당하고 있습니다. 행강보호소 또한 그런 사정을 잘 알지만, 입양을 보내는 만큼만 새로운 구조견을 받아들입니다. 유기견을 더 많이 데려오면 현재 돌보는 개의 삶까지 비참해지기 때문입니다.

인천에는 한국반려동물사랑연합에서 운영하고 있는 '유기견의수호천사들'이라는 유기동물보호소가 있습니다. 사람들은 그곳을 '유수천'이라고 부릅니다. 그곳에서는 안락사 위기에 처한 유기견들을 구조하여 입양 보내는 활동을 하고 있습니다. 지자체에서 운영하는 유기동물보호소에서 구조한 개 중에는 반려견에게 치명적인 파보바이러스성 장염, 홍역 같은 전염병 또는 심장사상충에 감염된 개들이 있습니다. 유수천에서는 그런 병에 걸린 개들은 치료 후 입양을 보냅니다. 입양을 많이 보내는 만큼 더 많은 유기견을 살릴 수 있지만 그렇게 하

동물보호소에서 입양을 기다리는 고양이

지 않습니다. 입양한 개를 보신탕집에 팔아버리는 사람이 많기 때문입니다. 그래서 입양을 보낼 때 입양하는 사람이 현실적으로 잘 돌볼 수 있는지, 또 개를 키우기 적합한 환경인지 꼼꼼히 확인합니다. 입양 절차가 까다로운 만큼 많은 유기견을 입양 보낼 수 없고, 또 위기에 처한 유기견도 많이 구조할 수 없습니다. 하지만 한 마리 한 마리를 잘 보살펴줄 사람을 선별하여 입양을 보내려고 노력합니다. 또한 시설에서 책임지고 관리할 수 있을 만큼만 구조해 유기견 수를 일정하게 유지합니다.

이런 보호소들에 비해 개체 수가 전혀 관리되지 않는

원장 할머니를 따라다니는 아산 천사원의 유기견들

곳도 있습니다. 아산에 '천사원'이라 불리는 사설동물보호소는 350여 마리의 유기견을 돌보는 곳입니다. 유기견이 많을 때에는 600마리가 넘기도 했습니다. 개체 수가 이렇게 증가하는 이유는 감당할 수 있는 수준을 넘어 유기견을 데려왔기 때문이기도 하지만, 시설에 있는 유기견끼리 짝짓기를 하여 새끼를 낳았기 때문입니다. 그 새끼들이 자라 또 짝짓기를 하다 보니 보호견의 수가 감당할 수 없을 정도로 불어나게 된 것입니다. 이를 방지하기 위해 중성화 수술을 해줘야 하는데 수술비를 감당할 처지가 되지 않으니 그냥 방치해버리는 것입니다.

공간과 먹이는 한정되어 있는데 새끼들이 계속 태어나면 환경은 더욱 나빠질 수밖에 없습니다. 그러다 보면 전염병이 돌고 많은 유기견이 떼죽음을 당하기도 합니다. 하지만 시간이 지나면 또 새끼들이 태어나 그 공간을 메웁니다. 유기견의 수가 관리되지 않는 사설동물보호소에서는 이런 악순환이 반복됩니다. 악순환을 끊기 위해 동물보호단체와 수의사들이 협력해 사설동물보호소 유기견들의 중성화 수술을 대대적으로 실시했습니다. 그 결과 개체 수의 증가를 막고 나이 든 유기견들이 자연사하여 자연스럽게 개체 수를 일정하게 유지할 수 있었습니다.

2019년 한국동물보호 운동판에는 큰 사건이 하나 있었습니다. 포천에 있는 '애린원'이라는 사설동물보호소를 폐쇄한 것입니다. 동물보호단체들 사이에서 오랫동안 골치 아픈 곳이었습니다. 애린원에는 1,000마리가 넘는 유기견이 있었습니다. 그곳에서 태어나는 강아지도 많았고 열악한 환경으로 인해 죽는 개들도 적지 않았습니다. 한마디로 지옥 같은 곳이었습니다. 앞서 언급했듯이 사설보호소의 가장 큰 고민은 개체 수가 계속 증가하는 것입니다. 그래서 가능한 한 개체 수 증가를 억제하려고 노력하지만 중성화 비용이 부담스러운 것도 사실입니다. 그런 어려움에 공감하는 여러 단체가 도움의 손길을 내밀며 애린원에도 중성화 수술을 제안했지만, 그곳의 원장은 끝까지 반대했습니다. 동물보호단체들도 더는 관여하기 어려웠고 그곳의 유기견들은 소외될 수밖에 없었습니다. 그러던 중 몇몇 단체에서 묘안을 찾아내 애린원을 폐쇄할 수 있게 된 것입니다. 지금 애린원은 유기동물들이 하나의 생명으로서 존중받을 수 있는 공간으로 탈바꿈했습니다.

사설동물보호소 중에는 유기견의 개체 수를 잘 유지하며 적절한 치료와 함께 입양을 보내기까지 체계적으로 잘 운영되는 곳이 많습니다. 그런데 앞의 사례처럼 감당할 수 없을 정도로 많은 유기동물을 데리고 있는 시설도 존재합니다.

자신이 감당할 수 있는 수준을 넘어 지나치게 많은 동물을 데리고 있는 사람들을 '애니멀 호더Animal Hoarder'라고 합니다. 정신건강 전문가들은 애니멀 호더를 정신

애린원에서 구조된 유기견들.
새로운 보금자리를 마련하는 동안 임시로 케이지에서 보호하고 있다.

질환의 하나인 집착성강박장애OCD, Obsessive Compulsive Disorder의 일종으로 규정합니다. 정신이 건강한 사람은 자신이 감당할 수 있는 선에서 누군가를 돕거나 봉사합니다. 하지만 애니멀 호더는 그 조절 능력을 상실하여 자기 자신은 물론이고 그들의 가족과 돌보는 동물까지 불행하게 합니다. 애니멀 호더는 사회적인 돌봄이 필요한 사람들입니다.

한국에 사설동물보호소가 많은 것은 몇몇 개인만의 문제가 아닙니다. 구조적인 문제와도 연관이 있습니다. 사

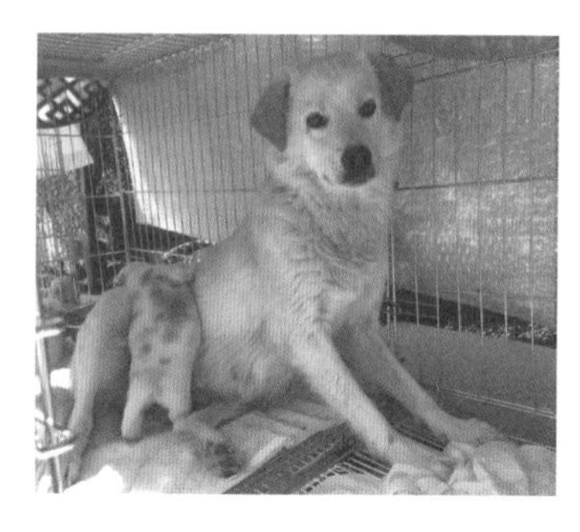

애린원에서
구조된 개들 중에는
젖먹이 강아지도 많고,
구조하는 날에 출산한
유기견도 있었다.

설동물보호소가 생기는 근본적인 원인은 우리 사회가 유기동물을 제대로 보호할 수 있는 구조적인 뒷받침이 부족하기 때문입니다. 앞서 언급했던 지자체와 연계된 유기동물보호소는 '보호소'로서의 기능을 상실했다는 데 많은 이가 동의하고 있습니다. 유기동물의 절반 정도가 열흘 후에 안락사되는 것만큼 비극적인 일도 없을 것입니다. 유기동물의 안타까움을 지나칠 수 없는 이들이 사설보호소를 운영하게 되는 것입니다.

유기동물의 문제를 보다 근본적으로 해결하기 위해서는 죽을 때까지 유기동물을 돌보는 시스템으로 전환해야 합니다. 혹자는 '그런 게 가능해?'라고 반문할 수도 있습니다. 하지만 그 의문을 실현시키는 곳이 있습니다. 바로 독일의 유기동물보호소 티어하임Tierheim입니다. 그곳은 '노 킬No Kill' 정책을 표방하여 아주 부득이한 경우를 제외하고 안락사를 시키지 않습니다. 치료가 필요한 경우 치료를 해주고 행동 교정이 필요한 경우 사회화 훈련까지 시켜서 새로운 반려인을 찾아 입양을 보냅니다. 이런 시스템이 가능하기 위해서는 사람들의 동물을 둘러싼 인식이 변화해야 하고, 무엇보다도 동물을 버리는 행위가 줄어들어야 합니다. 동물을 쉽게 버리는 것은 그만큼 쉽게 데려올 수 있기 때문입니다.

독일의 경우 반려동물을 키우고자 하는 사람은 사전에 반려동물을 돌보는 방법에 대한 교육을 받아야 하고 관련 테스트를 통과해야만 합니다. 까다로운 절차를 거쳐서 반려동물을 키울 수 있기 때문에 쉽게 버리지 않습니다. 반려동물은 유기동물보호소에서만 입양해서 키울 수 있고 동물을 판매하는 애견숍은 불법으로 간주합니다. 마찬가지로 강아지 공장도 불법입니다.

우리나라에서도 사설동물보호소의 난립이나 유기동물보호소의 안락사 문제를 근원적으로 해결하기 위해서

티어하임의
전경

티어하임의
실내 모습

보호소 뒤편의
동물 묘지

는 유기견이 양산되는 뿌리를 막아야 합니다. 그러기 위해 강아지 공장과 보신탕용 개농장을 금지해야 합니다. 그런 곳에서 매년 수백만 마리의 강아지가 태어나고 유통됩니다.

반려동물을 키우고자 한다면 애견숍에서 '구입'하는 대신 유기동물을 입양하는 쪽으로 생각의 전환이 필요합니다. 또한 순종을 고집하는 태도도 바꾸어나가야 합니다. 유기동물을 입양해 키운다고 해도 반려동물과의 행복한 생활은 얼마든지 가능합니다. 유기동물을 입양하는 일은 죽음에 내몰린 한 생명을 살리는 길입니다.

반려동물의 죽음 마주하기

"사람이 죽은 것도 아니고 그까짓 동물이 죽었는데 왜 그렇게 호들갑이냐?"라거나 "부모가 죽어도 그렇게 슬퍼하지 않을 거다"라며 빈정거리기도 합니다. 하지만 반려동물을 잃은 사람은 자신이 몹시도 아끼고 사랑하던 한 생명의 죽음을 겪는 일입니다. 그 부재는 클 수밖에 없습니다.

반려동물을 키우다 보면 누구나 힘들게 맞이해야 하는 순간이 찾아옵니다. 바로 반려동물의 죽음입니다. 반려견의 평균 수명은 15년, 반려묘의 평균 수명은 16년입니다. 그 시기가 지나면 서서히 죽음을 맞이하게 됩니다. 이는 자연스러운 과정입니다. 죽음의 순간을 고통 없이 맞이한다면 그것 또한 반려동물에게나 반려인에게나 큰 축복일 것입니다.

동물병원에서 진료하다 보면 이따금 불편한 문의를 받고는 합니다. 반려동물에게 안락사를 해줄 수 있느냐 하는 것이지요. 수의사마다 약간씩 생각의 차이는 있겠지만 대다수의 수의사는 꺼리는 게 사실입니다. 어찌 되었든 살아 있는 생명을 죽이는 일이기 때문입니다.

안락사 문의가 오면 제가 진료하던 반려동물이 아닌 경우 그간 진료해온 동물병원에 문의하라고 합니다. 지금까지 진료한 수의사가 그 동물의 상태에 대해서 가장 잘 알기 때문입니다. 그리고 왜 안락사를 원하는지 물어봅니다.

예전에 어떤 분은 반려견이 기침을 해서 진료를 받아보니 노령으로 심장이 안 좋아 기침하는 것이라며 평생 약을 먹여야 한다고 했답니다. 계속 약을 먹여야 하는 질병이라면 반려견이 죽는 날까지 고통스러울 테니 안락사를 해줄 수 없겠냐는 것입니다. 반려견 중에는 나이가 들면서 심장에 문제가 있어 기침하는 경우가 많습니다. 그런 경우 약을 먹이고 적절히 돌보아주면 큰 불편 없이 살아갈 수 있습니다. 안락사는 고통 없이 죽음을 맞도록 하는 것만이 전부가 아니라 그 생명의 '최선의 이익을 위해' 행해져야 하는 것입니다. 따라서 심장이 안 좋아 기침을 한다는 이유로 안락사를 원하는 것은 그 반려견의 '최선의 이익'이라고 말할 수 없습니다.

반려동물의 안락사는 암을 비롯한 불치의 병으로 더는 치료할 방법이 없을 때 고통을 줄여주기 위해 마지막으로 고려해야 할 선택지입니다. 최후의 수단인 것이지요. 고통이 있다면 우선 진통제를 처방받아 고통을 완화시키며 돌보는 것이 좋습니다. 생의 마지막 순간은 반려동물이나 반려인 모두에게 힘겨운 시간입니다. 그럼에도 마지막 순간까지 최선을 다했을 때 반려인도 후회가 남지 않습니다. 반려인으로부터 수의사로서 그 과정을 함께 해준 것에 대해 감사의 인사를 듣는 경우도 많았고요. 반면 충분히 심사숙고하지 않고 쉽게 안락사를 결정할 경우 죄책감에 시달리기도 합니다. 당장의 고통과 불편에서 벗어나고자 쉽게 안락사를 선택했던 건 아닌지 후회하는 걸 지켜보기도 했습니다. 힘든 과정을 거쳐 안락사를 결정했다면 반려인으로서 최선을 다한 선택이었기에 죄책감을 느끼거나 자책할 이유가 없습니다.

반면 반려동물이 죽은 후 오랫동안 충격과 슬픔에서 벗어나지 못하는 반려인도 많습니다. 그 결과 극심한 우울감이나 상실감에 빠지기도 합니다. 이러한 상태를 펫로스 증후군Pet Loss Syndrome이라고 합니다. 우리 사회는 여전히 반려동물의 죽음에 오랫동안 힘들어하는 사람을 공감하지 못합니다. "사람이 죽은 것도 아니고 그까짓 동물이 죽었는데 왜 그렇게 호들갑이냐?"라거나 "부모가 죽어도 그렇게 슬퍼하지 않을 거다"라며 빈정거리기도 합니다. 하지만 반려동물을 잃은 사람에게는 몹시도 아끼고 사랑하던 한 생명의 죽음을 겪는 일입니다. 그 부재는 클 수밖에 없습니다.

반려동물의 죽음을 맞은 반려인은 대체로 부정과 고립, 분노, 협상, 우울, 수용의 5단계 마음의 변화를 거칩니다. 처음에는 반려동물의 죽음을 인정하지 못합니다. 반려동물과의 갑작스러운 이별에 '왜' 반려동물이 죽어야 했는지 의문을 품고 그 죽음의 원인이 된 대상이나 상황을 찾아내려 애쓰며 그것에 분노를 표출합니다. 가령 심각한 질병으로 동물병원에 입원한 상태에서 죽음을 맞은 경우 동물병원에서 의료적 과실로 인해 죽었다고 결론 내리고 분노하며 책임을 추궁하기도 합니다. 때로 분노의 감정은 자기 자신으로 향하기도 해서 자책하거나 죄책감을 느끼기도 합니다. 그러다 시간이 지나면 어쩔 수 없는 상황이었다고 받아들입니다. 이별을 인정하고 받아들이게 되면 마음이 가라앉고 우울함이 찾아옵니다. 그런 과정을 지나 마지막으로 반려동물의 죽음을 받아들이게 됩니다.

반려동물의 죽음 이후 슬픔의 정도는 사람마다 다릅니다. 그것은 반려동물과의 애착 관계가 사람마다 다르기 때문입니다. 반려동물을 잃은 후 슬픔에 잠기는 것은 자연스러운 감정입니다. 반려동물이 죽었을 때 충분히 슬퍼하는 것이 좋습니다. 또한 주변에서는 그런 슬픔을 이해하도록 노력해야 합니다. 이해가 되지 않는다면 섣부른 조언이나 충고를 건네기보다 곁에 조용히 있어 주는 것이 더 도움이 될 때가 있습니다.

주변에 반려동물을 잃은 슬픔을 이해하지 못하는 사람이 있다면 과감하게 거리를 두는 것이 좋습니다. 자신의 자연스러운 감정을 감추고 거부하는 것은 오히려 자존감을 떨어뜨리고 심한 우울증을 가져올 수 있습니다. 그런 사람보다는 반려동물을 키운 경험이 있거나 비슷한 경험을 한 사람들과 이야기를 나누는 것이 더 좋습니다. 그 슬픔에 함께 공감하는 사람들과 있다 보면 차분히 자신의 슬픔을 들여다보고 인정하고 받아들이게 됩니다. 그제야 비로소 슬픔과 고통이 조금씩 걷히며 반려동물과 행복했던 기억이 떠오르기 시작합니다. 그 행복하고 빛나는 순간들을 선물해줘서 감사했다고 말이죠.

얼마 전 새끼 때부터 19년간을 함께 지낸 러시안 블루 종 '블루'가 무지개다리를 건넜습니다. 고독의 시간을 채워준 블루는 제게 특별한 친구였습니다. 제가 우울해 보이면 다가와 얼굴을 핥아주고 제 머리카락을 그루밍해 주기도 했습니다. 시시때때로 품에서 편하게 쉬던 블루. 그 녀석의 부재가 여전히 눈시울을 붉게 만듭니다. 수의사로서 좀 더 할 수 있는 일은 없었는지 그 마지막 순간을 계속 복기합니다.

그래도 무엇보다 오랜 시간 나와 함께 있어 준 블루에 대한 고마움이 가장 큽니다. 블루야, 고마웠어!

인간의 먹는 행위는 어디까지 자유일까요?

오래전부터 많은 문화권에서는 인간의 먹는 행위를 개인의 자유 영역이 아닌 윤리의 영역으로 여겼습니다. 다른 생명과 생태계에까지 영향을 끼치는 행위이기 때문입니다. 보신탕뿐만 아니라 과도한 육식 문화는 개인의 선택이라는 프레임을 넘어 수많은 생명과 생태계의 범주에서 고민되어야 할 문제입니다.

불편한 이야기를 하나 해보겠습니다. 한국의 동물보호 운동권에서 가장 뜨거운 감자는 무엇일까요? 바로 보신탕입니다. 보신탕으로 소비되는 개들은 사육 과정부터 도살당하는 최후의 순간까지 매우 심각한 학대에 노출되어 있습니다. 하지만 여전히 개식용을 옹호하는 사람들이 있어 문제를 해결하는 일이 쉽지 않습니다. 우리나라에도 동물보호법이 있고 동물보호법에 따라 동물학대 행위를 금지하고 있지만, 한 해에 백만 마리가 넘는 개들이 심각한 학대와 고통을 당하고 있습니다.

보신탕용 개는 소위 '뜬장'이라는 곳에서 사육됩니다. 뜬장은 배설물을 쉽게 처리하기 위해 만든 구조로 바닥이 굵은 철망으로 되어 있습니다. 그 위에서 개를 기르면 배설물이 땅바닥으로 떨어지기 때문에 인부가 2~3일에 한 번씩만 치우면 됩니다. 그만큼 사람의 손이 덜 필요해 인건비를 줄일 수 있습니다. 하지만 온종일 철망 위에서 생활하는 개의 입장에서는 철망이 발바닥과 피부를 파고들어 고통스럽습니다. 게다가 사육비를 줄이기 위해 주변 식당에서 배출하는 온갖 음식쓰레기를 수거해 먹입니다. 마지막 도살 현장은 끔찍하고 고통스러워 차마 글로 옮기지 못할 정도입니다. 그 수많은 개를 보호조차 하지 못하는 동물보호법은 왜 있는 것일까요?

2014년도부터 유기동물 발생 방지를 위해 동물등록제를 의무화하여 실시하고 있습니다. 하지만 마당에 한 마리씩 개를 키우는 집들은 복날 즈음이 되면 개장수에게 팔 거라며 동물등록을 하지 않습니다. 집 안에서 키우면 반려견이고, 마당이나 뜬장에서 키우는 개들은 아무렇게나 취급해도 되는 걸까요? 보신탕은 동물등록제 제도 자체를 무력화하고 있습니다.

사설동물보호소에서 많은 유기견을 입양 보내면 개는 안락한 집에서 살게 되어 좋고, 보호소도 부담이 줄어드니 모두에게 좋은 일처럼 보입니다. 하지만 여기에 보호소의 말 못 할 고민이 있습니다. 보호소는 입양하고자 하는 사람이 나타나도 선뜻 입양 보낼 수 없습니다. 유기견을 잘 키우겠다고 데려갔는데 며칠 후부터 연락이 닿지 않는 일이 부지기수입니다. 입양한 유기견을 보신탕집에 팔아먹은 것입니다.

일반적으로 진돗개와 비슷한 커다란 개만 보신탕용으로 팔 거라 생각하지만, 그렇지 않습니다. 반려견으로 흔히 키우는 몰티즈나 요크셔테리어, 치와와 같은 작은 개들도 보신탕으로 팔립니다. 한번은 어떤 노부부가 나이 들어 적적하니, 자식처럼 돌볼 수 있는 유기견 한 마리를 입양하고 싶다면서 보호소에 찾아왔다고 합니다. 나이도 지긋해 보이는 이들을 믿고 입양을 보냈는데, 바로 연락이 끊겼다고 합니다. 키울 목적으로 데려간 것이 아니었던 겁니다. 동물보호단체에서는 그런 경험을 반복하면서 유기견 입양을 매우 조심스럽게 진행하게 되었습니다.

사설보호소에서는 길거리를 헤매는 유기견을 발견하면 우선 바로 데려오려고 합니다. 길거리에 그대로 방치하면 교통사고의 위험도 있지만, 개장수에게 잡혀가 버리기 때문입니다. 특히 재개발 지역에는 버려진 개들이 많이 생기는데, 어느 날 갑자기 흔적도 없이 사라져버립니다. 개장수가 다녀간 것입니다.

보신탕은 개와 관련된 수많은 문제를 악화시키고 있습니다. 그렇기에 모든 동물보호단체가 동물권과 관련해 해결해야 할 최우선 과제로 개식용 종식을 꼽습니다. 하지만 여전히 일반인들 중에도 동물보호단체의 주장을 못마땅하게 여기기도 합니다. 이들은 주로 다음의 세 가지 이유로 거부감을 표시합니다. 첫째 개고기를 먹는 것은 우리 고유의 문화이고 전통이다. 서양의 기준으로 개식용을 비판하는 것은 문화사대주의다. 둘째 닭고기를 먹든 소고기를 먹든 개고기를 먹든 그것은 당사자의 자유다. 셋째 닭고기, 소고기는 먹으면서 개고기만 반대하는 것은 모순이다. 이 세 가지 주장들에 대해 생각해보겠습니다.

먼저 개고기를 먹는 것은 우리의 전통이며, 외부의 압력에 '굴복'하는 것은 '문화사대주의'라는 주장입니다. 어떤 문화가 과거부터 존재해왔다고 무조건 전통이 되는 것은 아닙니다. 그것을 계승하고 발전시켜 사회에 유익하고 의의가 있을 때만 전통이 됩니다. 과거 우리 사회에는 부잣집에서 부인을 둘 이상 두는 축첩 제도가 있었습니다. 오늘날 그것을 전통이라고 하여 계승해야 한다고 주장한다면 어떻게 될까요? 대부분의 사람은 축첩 제도는 전통이 아니라 악습이기 때문에 금지해야 한다고 반박할 것입니다. 또 미국에서 노예 제도를 부활시키겠다면 타당한 주장이라고 할 수 있을까요? 노예 제도는 국가의 경계를 넘어서 전 지구적으로 없애야 할 악습일 뿐이지 계승하고 발전시킬 전통이 아닙니다. 개식용 또한 마찬가지입니다. 사실 개고기는 우리 민족만 먹었던 것은 아닙니다. 과거 많은 민족이 부족한 단백질을 보충하기 위해 개고기를 먹었습니다. 하지만 단백질원이 풍부해지면서 가장 먼저 끊은 것이 개고기입니다. 개는 인간과 가장 친밀한 동물이기 때문입니다.

둘째 닭고기를 먹든 개고기를 먹든 개인의 취향일 뿐 다른 사람이 관여해서는 안 된다는 주장에 관해 살펴보겠습니다. 이것은 다음과 같은 문제를 생각해보면 좋을 것 같습니다. 이웃집에서 부모가 아이의 버릇을 고치겠다며 수시로 가혹하게 주먹질을 하고 발길질을 합니다. 만약 그 사실을 알게 되었다면 어떻게 해야 할까요? 이웃집의 가정사이기 때문에 나 몰라라 하고 넘어가야 할까요? 아닙니다. 남의 집 일이라고 하더라도 경찰에 신고해 아이가 받는 고통에서 벗어날 수 있도록 해야 합니다. 옆집 사람이 취미생활로 영화를 보든 음악을 듣든 그건 전혀 상관할 바가 아니지만, 한 생명을 고통 속에 빠트리는 폭력을 행사한다면 그것은 그 사람의 '자유'라 할 수 없습니다. 누군가의 안전과 행복을 위협하는 것은 결코 자유가 아닙니다. 보신탕 또한 그렇습니다. 동물의 고통에 관심을 갖는 사회라면 보신탕을 위해 수백만 마리의 개가 겪는 끔찍한 폭력을 더는 묵과해선 안 됩니다.

마지막으로 닭고기나 소고기는 먹으면서 왜 개고기는 안 되냐는 주장을 생각해보겠습니다. 그것은 동물에 공감하는 정도에 따라서 달라집니다. 많은 사람이 반려동물을 키우면서 반려동물의 고통에 더 깊이 공감하기에 보신탕을 반대하는 것입니다. 나아가 동물보호운동을 하는 사람 중에는 동물의 상황에 관해 알게 될수록 더 많은 동물의 고통에 공감하게 되고 그로 인해 고기를 끊고 채식을 시작하는 경우가 많습니다. 동물에 공감하는 정도에 따라서 동물을 대하는 행동도 달라지기 마련입니다.

사람들은 무엇을 먹든 본인의 자유라고 생각하기 쉽습니다. 하지만 인간이 무엇을 먹을지 선택하는 일은 단지 개인의 영역으로 치부할 수 있는 게 아닙니다. 오늘날 우리가 가장 심각하게 고민해야 할 또 하나의 문제는 기후 위기입니다. 2018년 10월 송도에서 열렸던 기후변화에 관한 정부 간 협의체 IPCC에서는 2040년경 지구의 평균 온도가 1.5도까지 상승할 것이라고 밝혔습니다. 또 2019년 호주 기후복원센터 정책 보고서에 따르면 2050년에는 기후변화로 인하여 전 세계 주요 도시가 인간이 생존할 수 없는 환경이 될 것이라고 경고합니다.

잘 알려진 것처럼 기후온난화의 주된 원인은 이산화탄소입니다. 이산화탄소가 발생하는 이유에는 여러 가지를 꼽을 수 있는데 전 세계적으로 과도하게 행해지는 축산업이 가장 큰 원인으로 지목됩니다. 유엔식량농업기구FAO에서는 축산업에서 발생하는 이산화탄소의 양이 전체 이산화탄소 발생량의 18%에 해당한다고 발표했습니다. 이 수치는 초국적 축산 업계의 눈치를 보느라 과소평가된 수치입니다. 〈월드워치〉 매거진은 2009년 축산

분야에서 발생하는 온실가스가 전체 온실가스 배출량의 51%를 차지한다고 밝혔습니다. 심각한 지구온난화로 인해 태평양 연안의 섬나라들이 물에 잠기고 수많은 환경 난민이 발생하고 있습니다. 또 우리의 후손인 미래 세대는 심각한 기후 변동으로 고통받게 될 것입니다.

오래전부터 많은 문화권에서는 인간의 먹는 행위를 개인의 자유 영역이 아닌 윤리의 영역으로 여겼습니다. 다른 생명과 생태계에까지 영향을 끼치는 행위이기 때문입니다. 보신탕뿐만 아니라 과도한 육식 문화는 개인의 선택이라는 프레임을 넘어 수많은 생명과 생태계의 범주에서 고민되어야 할 문제입니다.

생명을 타자화하는 동물원

동물원에 갇힌 동물들을 당장 자유롭게 풀어줄 수는 없겠지만, 동물원에서라도 덜 고통스럽게 살아갈 수 있도록 배려하는 노력이 필요합니다. 그러기 위해 각각의 동물의 습성을 이해하고 행복하게 생활할 수 있는 환경을 만드는 일이 그 시작이 될 것입니다.

어릴 적 부모님과 함께 동물원에 가는 것을 좋아했습니다. 초등학교 시절, 지금은 창덕궁으로 복원된 창경원이라 불리던 동물원에 자주 갔습니다. TV에서나 볼 수 있었던 코끼리, 기린, 악어, 코뿔소, 공작 등 신기한 동물이 많았습니다. 공작이 오색찬란한 날개를 뽐내듯 활짝 펴고, 붉은 홍학 무리가 떼를 지어 왔다 갔다 하는 모습도 아름다웠습니다.

그저 신기하게만 여겨졌던 동물원이 동물의 삶과 관련된 책을 읽으며 조금씩 다르게 보이기 시작했습니다. 예전에는 신기하게 생긴 동물들이 보였지만, 점차 좁은 울타리에 갇혀 지내는 동물들의 처지가 눈에 들어왔습니다. 그들의 깊고 커다란 눈망울은 생기를 잃은 채 무기

력해 보였고 어딘지 조금 슬퍼 보이는 것 같기도 했습니다. 게다가 끝없이 같은 행동을 반복하는 동물들도 종종 볼 수 있었습니다. 같은 자리를 계속 왔다 갔다 하는 원숭이, 좁은 울타리를 정신없이 왕복하는 호랑이, 머리와 코를 좌우로 심하게 흔드는 코끼리까지. 이렇게 무의미한 틀에 박힌 행동을 반복하는 것을 '정형행동Stereotypic Behavior'이라고 합니다. 과도한 스트레스가 누적되면서 정신적으로 문제가 생겼을 때 나타나는 행동입니다.

야생의 동물은 하루에도 몇십 킬로미터에 이르는 장거리를 이동합니다. 코끼리는 하루 평균 30~50km 정도를 이동하고 호랑이는 짧게는 80~90km, 겨울철 먹이를 구하기 힘들 때는 300~400km까지도 이동합니다. 이런 동물을 좁은 곳에 가둬두니 얼마나 답답할까요?

대부분의 동물도 인간과 마찬가지로 사회적 관계를 맺으며 무리를 지어 살아갑니다. 새끼들은 새끼들끼리 뒹굴면서 놀고 어미들은 그런 새끼들을 지켜보면서 수다를 떨겠지요. 동물들은 어떤 수다를 떨까요? "우리 애는 풀을 편식해서 고민이야." 뭐 그런, 우리 엄마들과 비슷한 수다를 떨지 않을까요? 아, 어느 학원이 좋은지 그런 이야기는 하지 않겠네요. 그런데 어떤 동물원은 좁은 울타리에 코끼리 한 마리, 호랑이 한 마리를 가두어놓고 전시를 하기도 합니다. 독방에 가두어둔 것과 다를 바 없지요. 그런 환경 속에서 동물들은 고독하게 평생을 살아가야 합니다.

동물에 고통스러운 삶을 안겨주는 동물원은 언제, 왜 생겨난 것일까요? 처음 동물원이 생긴 것은 고대 이집트나 아시리아 제국 같은 나라들이 다른 나라를 침략했을 때 그곳에서 잡아 온 낯선 동물을 전시하기 위해 만들었습니다. 과시할 목적으로 말이지요. 동물원은 오랫동안 귀족들끼리만 보는 것이었습니다. 그러다가 16세기 엘리자베스 1세 여왕이 대중에게 공개하면서 일반인들도 동물원을 구경할 수 있게 되었습니다.

초기 동물원에서 전시한 것은 낯선 동물만이 아닙니다. 콜럼버스는 신대륙에서 잡아 온 아메리칸 인디언도 스페인 왕실 동물원에 전시했습니다. 이후 유럽 제국에서도 아프리카 원주민을 잡아다 전시하기도 했고요. 아프리카 원주민들을 눈보라 치는 추운 겨울에 풀잎으로 만든 원주민 복장을 입혀 얼어 죽게 하기도 했습니다. 이

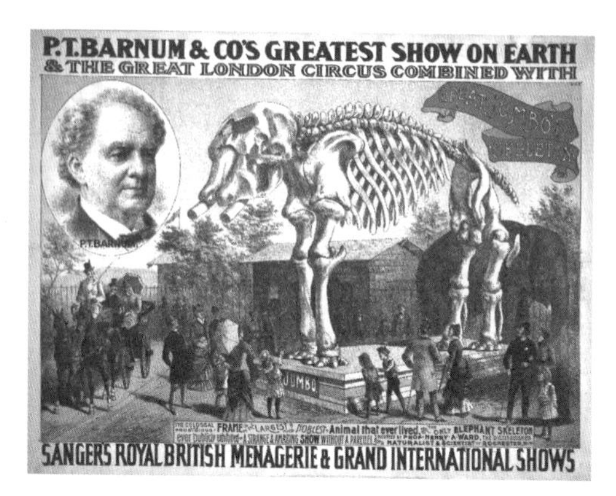

동물원의 전신인 왕실 마네게리(menagerie)

쯤에서 '동물은 구경거리로 삼아도 괜찮은데 사람을 구경거리로 삼은 것은 좀 심했다'라고 생각하는 독자들도 있을 것입니다. 그럼 왜 사람은 안 되고 동물은 되는 걸까요?

동물원의 비윤리적인 처우를 들며 동물원이 꼭 필요한 시설인지 의구심을 표하는 이들에게 동물원 관계자들은 이렇게 대응합니다. 현대 동물원은 위기 동물을 보전하고 연구할 뿐만 아니라 학생들에게 동물 교육의 목적을 지니며 도심 속 휴식의 공간을 제공하고 있다고요. 과연 동물원이 그런 역할을 제대로 수행하고 있을까요?

먼저 위기 동물을 보존한다는 주장에 관해 생각해봅시다. 2019년 UN의 보고에 의하면 지구 생물 중 50만~100만 종이 멸종위기에 처해 있다고 합니다. 이 생물은 왜 멸종 위기에 처한 것일까요? 동물들이 멸종 상태에 이르게 된 가장 큰 원인은 인간이 동물의 서식지를 파괴해서입니다. 자연 서식지가 파괴되어 살 곳이 없어진 동물들이 멸종 위기에 처했는데, 몇 마리의 동물을 구조하여 보호한다고 위기 동물을 보전할 수 있을까요?

'50~500법칙'이라는 것이 있습니다. 어떤 개체군이 짧은 기간 생존하기 위해서는 최소 50마리가 유지되어야 하고, 먼 장래까지 건강하게 종속하려면 500마리 이상의 개체군이 필요하다는 뜻입니다. 간혹 서울대공원에서 백두산 호랑이의 새끼가 태어났다는 뉴스를 접하게 됩니다. 경사스러운 일이라고 호들갑스럽게 보도합니다. 멸종위기 1급인 백두산 호랑이의 새끼가 태어났다는 것은 좋은 일이긴 합니다. 매우 드문 일이니까요. 하지만 새끼 몇 마리가 태어났다고 멸종 위기에서 벗어날 수 있는 것은 아닙니다. 백두산 호랑이가 제대로 복원되기 위해서는 서식지부터 복원되어야 합니다. 이미 백두산 호랑이가 살아갈 수 있는 자연은 다 파괴되었는데, 동물원에서 몇 마리 태어났다고 경사스럽게 여길 일인지 의아합니다. 새끼 백두산 호랑이는 평생을 좁은 울타리에 갇혀 지내게 될 텐데 말입니다.

두 번째는 교육 효과입니다. 좁은 동물원에 갇혀 스트레스로 머리를 끝없이 좌우로 흔드는 정형행동을 반복하는 코끼리를 보며 학생들은 무엇을 배울 수 있을까요? '코끼리는 머리를 쓸데없이 좌우로 흔드는 이상한 동물이네'라고 생각할까요? 차라리 초원을 뛰어다니고 동료들과 어울려 사는 야생동물을 영상으로 보여주는 것이 더 교육적 효과가 있지 않을까요?

동물원은 나와 다른 동물을 보며 다른 동물에 대해 깊이 이해할 수 있는 공간이 되어야 합니다. 그러기 위해서는 동물들이 좀 더 자연스러운 환경에서 살 수 있도록 해주어야 합니다. 단지 인간과 다른 모습으로 생겼다고 하여 타자화하고 구경거리로 삼아서는 안 됩니다. 그것은 사람에 대해서도 마찬가지입니다.

우리 사회에는 여전히 나와 다르다는 이유로 다른 사

람을 차별하는 경우가 많습니다. 외국인에 대해서도 그렇고, 성 정체성이 다른 사람에 대해서도 그렇습니다. 세상에는 나와 다른 존재가 너무나 많습니다. 그들의 시각에서 보면 나도 그들과 다를 테고 말이죠. 이렇게 서로 다른 존재들이 어떤 관계를 맺으며 살아가는 것이 좋을까요? 서로 차별하고 구경거리로 만드는 것은 결코 좋은 선택은 아닐 겁니다. 서로의 다름을 존중하는 태도가 필요하지 않을까요? 나도 다른 사람들로부터 존중받으면 기분이 좋아지고 행복해지잖아요. 그게 우리 사회 전체가 행복해지는 방향입니다.

최근 동물원에서는 비록 좁은 공간이라는 한계가 있기는 하지만 제각기 동물에게 맞는 다양한 환경을 만들어주기 위해 노력하고 있습니다. 그것을 '행동 풍부화'라고 합니다. 바위산을 오르기 좋아하는 산양에게는 암석 언덕을 만들어주고 원숭이에게는 나무 정글을 만들어주어 나무에 매달리며 놀 수 있도록 합니다. 또 거북이에게는 먹이를 퍼즐에 감추어 머리를 써서 꺼내 먹을 수 있도록 합니다. 곰에게는 커다란 얼음과자를 주기도 하고요. 동물원에 갇힌 동물들을 당장 자유롭게 풀어줄 수는

호주 시드니
타롱가 동물원

없겠지만, 덜 고통스럽게 살아갈 수 있도록 배려하는 노력이 필요합니다. 그러기 위해 동물의 습성을 이해하고 행복하게 생활할 수 있는 환경을 만드는 일이 그 시작이 될 것입니다. 또 동물원이 낯선 동물을 '구경'하는 장소가 아닌 야생동물을 '이해'할 수 있는 장소가 된다면 야생동물과 사람이 더불어 살아가기 위한 중요한 연결고리 역할을 하게 되지 않을까요.

체험형 동물원이 우리에게 남긴 숙제

나뿐만이 아니라 다른 생물의 입장도 배려하는 교육이 생태계 회복을 위한 초석을 놓는 일이 될 것입니다. 한때 유행처럼 번지던 체험형 동물원은 우리 주변에서 사라져 갈 것입니다. 이 과정을 보며 우리가 다른 동물을 어떻게 대하는 것이 좋을지 생각해 보는 계기가 되었으면 합니다.

사막여우나 나무늘보 같은 동물은 누가 봐도 예쁩니다.《어린 왕자》 같은 책에나 나올 법한 이런 사랑스러운 동물들에 아이들은 대단한 호기심을 보입니다.

아이들의 이러한 관심을 상업적으로 이용하려는 사람들이 있습니다. 한동안 유행처럼 늘어났던 체험형 동물원은 일반 동물원보다 더 좁은 공간에 나무늘보, 사막여우, 거북이, 너구리, 라쿤, 페럿, 원숭이 등 다양한 동물을 전시하여 어린 손님을 맞았습니다. 체험형 동물원에서는 "동물을 만지지 마시고 보기만 하세요"라고 안내합니다. 그런데 호기심 충만하고 한순간도 가만히 있지 못하는 어린이들이 조용히 구경만 할까요? 그럴 리가 없습니다. 어린이들은 처음 보는 낯선 동물들이 신기해서 어떻게든 만지고 싶어 합니다. 모험심 강한 어린이는 거북이 등에 과감히 올라타기도 합니다. 기념사진을 남기기 위해 동물을 안고 플래시를 터뜨리며 사진을 찍습니다.

이런 행동이 동물에게는 어떻게 느껴질까요? 동물병원에 있다 보면 아이들의 관심에 대한 동물의 반응을 알 수 있습니다. 아이들은 동물에 대한 호기심도 많고 동물을 무척 좋아합니다. 쓰다듬고 안아보고 싶어 합니다. 하지만 동물을 다루는 데 익숙하지 않은 아이들의 행동은 동물에게 스트레스를 줍니다. 강아지들은 아이들을 피해 도망 다니거나 그래도 다가오면 이빨을 내보이며 으르렁거리도 합니다. 특히나 어린 동물에게 아이들은 주요 스트레스 중의 하나입니다.

체험형 동물원에 있는 동물들은 어떨까요? 수많은 아이가 만지며 지나가니 스트레스를 받고 몸살이 납니다. 그래서 몸을 숨기려고 하지만 체험형 동물원에는 몸을 숨길 만한 곳이 없습니다. 또 수시로 사진을 찍어대며 발생하는 플래시 불빛은 동물의 예민한 눈을 자극합니다. 스트레스의 연속입니다. 게다가 스트레스의 원인은 단지 아이들만이 아닙니다. 아이들을 물 수도 있는 위험한 동물은 유리창 너머 좁은 공간에 갇혀 있습니다. 그런 동물 중에는 같은 자리를 맴도는 정형행동을 보이기도 합니다. 스트레스를 지속적으로 받았다는 증거입니다.

돈벌이를 위해 동물을 그런 식으로 이용해도 괜찮은 것일까요? 동물은 만지며 놀거나 다양한 방식으로 이용해도 되는 물건이 아닙니다. 동물은 환경에 따라서 스트레스를 받을 수 있고 심지어 스트레스로 죽을 수도 있습니다. 아이의 부모 중에는 아이가 다양한 체험을 할 수 있도록 여러 동물을 만져보도록 유도하기도 합니다. 아이들이 다양한 체험을 하는 것도 중요하지만, 다른 생명에 대한 배려도 생각해보는 기회를 갖는다면 더 좋을 것 같습니다. 동물 역시 또 하나의 생명이라는 것을 이해하고, 동물을 배려하는 태도와 마음을 익힌다면 타인을 배려하고 한 사회의 구성원으로 건강하게 성장하는 데 조금이나마 도움이 되지 않을까 싶습니다.

체험형 동물원과 관련한 문제는 이뿐만이 아닙니다. 2019년 발생한 코로나19로 인해 전 세계가 혼란에 빠졌습니다. 코로나19는 박쥐나 천산갑에 있던 바이러스가 사람에게로 전파된 것입니다. 체험형 동물원의 야생동물이 그런 매개체가 될 수 있습니다. 그렇다고 해서 동물이 전염병이나 퍼뜨리는 괴물 같은 존재는 아닙니다. 바이러스는 특정 동물이나 장소에만 있는 것이 아니라 우리 일상 어디에나 존재하니까요. 생명은 그런 환경 속에서 진화해왔기 때문에 대부분의 생명체는 주변 바이러스와 상호적인 관계를 맺으며 살아갑니다. 모든 생명에는 각각의 다양한 바이러스가 존재합니다. 인간의 폐에도 무려 170종이 넘는 바이러스가 있습니다. 그래도 건강하게 잘 살아갑니다. 문제는 바이러스가 오랜 시간 적응한 유기체에서 낯선 유기체로 종간種間을 넘어 전파되는 것입니다. 그런 경우 특별한 증상을 보일 수 있습니다. 에이즈AIDS 바이러스는 원숭이에게는 아무 문제가 되지 않았지만, 인간에게 넘어오면서 심각한 바이러스가 되었습니다. 코로나19 사태의 원인인 코로나바이러스도 박쥐나 천상갑에게는 아무런 문제도 일으키지 않았지만 인간에게 감염되면서 심각한 문제가 되었습니다. 지금과 같은 방식으로 야생동물을 체험하는 체험형 동물원은 공중 방역상 심각한 전염병을 퍼뜨릴 수 있습니다.

체험형 동물원에서 야생동물을 자유롭게 만지는 행위

가 야생동물에 고통을 주고 게다가 인수공통전염병을 확산시킬 수 있다는 사실이 여러 동물보호단체에 의해 알려지면서 2020년 말 '동물원 및 수족관의 관리에 관한 법'이 개정되었습니다. 그에 따라 지금까지는 신고만 하면 작은 동물원을 개설할 수 있었지만, 이제는 전문가의 심사를 거쳐 허가를 받아야만 합니다. 또 야생동물 카페나 이동 전시 그리고 동물원에서 동물을 만지거나 먹이를 주는 행위는 금지됩니다.

법이 개정됨에 따라 아이들이 야생동물을 만지고 체험할 수 없게 되어 아쉬워하는 사람이 있을지 모르겠습니다. 아이의 체험만 생각한다면 아쉬울 수도 있습니다. 하지만 체험을 당하는 동물의 입장은 어떨까 생각해보는 기회를 갖는다면 그것이 아이의 교육에 더욱 도움이 되지 않을까요?

오늘날 인류는 인류의 만족만을 위해 생태계를 무차별적으로 파괴함으로 인해 제6의 대멸종이라고 부를 만큼 많은 종이 멸종되었고 이것은 인류 자신에게도 큰 위협이 되고 있습니다. 다음 세대는 나만을 생각하는 것이 아니라 다른 생물의 입장도 배려하는 교육이 이루어지는 것이 생태계 회복을 위한 초석을 놓는 일이 될 것입니다. 한때 유행처럼 번지던 체험형 동물원은 우리 주변에서 사라져 갈 것입니다. 이 과정을 보며 우리가 다른 동물을 어떻게 대하는 것이 좋을지 생각해보는 계기가 되었으면 합니다.

이렇게 많은 동물실험이 필요할까요?

사람들은 제도적 개선을 통해 동물실험이 많이 줄었으리라 예상할 것입니다. 그런데 아이러니하게도 동물실험에 사용되는 동물의 수는 해마다 증가하고 있습니다. 2018년에는 전년도에 비해 20.9%나 많은 실험동물이 동물실험에 사용되었습니다. 여러 법률이나 심의를 통해 동물실험을 줄이려고 하는데도 왜 현실은 그렇지 않을까요?

'메이'라 불리는 비글 종이 있었습니다. 2013년부터 5년 동안 공항에서 마약 탐지견으로 활동한 개입니다. 모 수의대에서 2018년 연구의 목적으로 메이를 데려갔습니다. 메이는 복제견이었기 때문에 그것과 관련된 연구라고 여겨 메이를 보냈습니다. 얼마 후 다시 공항으로 돌아온 메이의 상태는 처참했습니다. 앙상하게 드러난 가슴뼈에, 이따금 이유 없이 코피를 쏟기도 했습니다. 얼마 지나지 않아 메이는 숨을 거두었습니다. 메이에게 무슨 일이 있었던 것일까요? 동물보호법에는 국가를 위해 봉사한 동물은 실험동물로 사용하지 못하도록 규정하고 있습니다. 메이는 마약 탐지견으로 활동했기 때문에 실험동물로 사용하면 안 됩니다. 그런데 법을 어기면서까지 동물실험을 시행한 것입니다.

전 세계적으로 매년 수많은 동물실험이 이루어지고 있습니다. 우리나라에서도 2018년도에 372만 마리의 동물들이 동물실험에 이용되었습니다. 이렇게 많은 동물실험이 꼭 필요한 것일까요? 동물실험에 찬성하는 사람들은 인간의 안전과 복지 증진을 위해 동물실험이 꼭 필요하다고 말합니다. 화장품이 피부에 자극은 없는지, 신약 부작용은 없는지 제품이나 약품의 안전성을 실험을 통해 확인해야 한다는 것입니다.

동물실험이 필요하다는 이런 인식에는 다음 같은 사건이 배경이 되었습니다. 1937년 '설파닐아마이드'라는 항생제가 개발되어 사람에게 투여했는데, 무려 107명이 사망하는 사고가 발생했습니다. 끔찍한 일이었지요. 동물에 투약하자 같은 결과가 나타났습니다. 이를 계기로 신약 개발 과정에 동물실험을 반드시 실시하도록 관련 체계를 마련하였고, 이후 동물실험은 당연한 것으로 받아들여졌습니다.

하지만 어떤 하나의 약물에 대해 반드시 동물과 사람에게 동일한 결과를 가져온다고 보장할 수 없습니다.

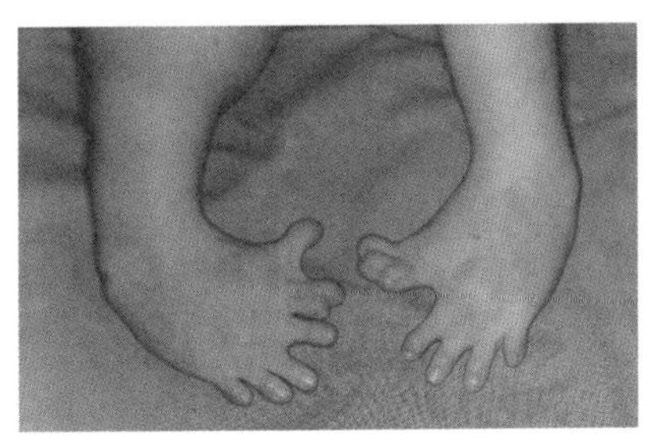

탈리도마이드
기형아의 발

1956년, 동물실험과 관련해 역사적인 전환점이 되는 사건이 발생합니다. 위가 더부룩할 때 속을 편안하게 해주는 '탈리도마이드Thalidomide'라는 약이 독일에서 시판되었습니다. 임신부의 입덧에도 효과가 있다고 알려지면서 많은 임신부가 탈리도마이드를 복용했습니다. 그런데 얼마 후부터 팔과 다리가 짧은 형태의 기형아가 태어났습니다.

기형아를 출산한 산모의 역학 조사를 통해 탈리도마이드의 부작용을 의심하게 되었습니다. 관리 당국은 우선 탈리도마이드를 판매 중지시키고 동물을 대상으로 탈리도마이드의 부작용 평가를 실시했습니다. 하지만 동물은 모두 건강한 새끼를 출산했습니다. 동물실험을 근거로 탈리도마이드는 기형아 출산과 관련이 없는 것으로 결론을 내리고 다시 판매를 허용했습니다. 이후 몇 년 사이에 1만 명 이상의 비슷한 기형아가 태어나자 탈리도마이드는 1962년 완전히 판매 금지되었습니다. 관련 제약회사의 연구자들은 동물실험에서 아무런 문제가 발생하지 않았기 때문에 자신들에게는 아무런 잘못이 없다고 주장했습니다. 평생을 기형으로 살아갈 아이들과 부모의 고통은 누가 어떻게 보상해야 할까요?

사람들은 한 가지 약물에 대해 동물과 사람이 같은 반응이 나타날 것이라고 생각합니다. 어떤 약물에 대한 반응은 종種에 따라 같은 반응이 나타날 수도 있지만 그렇지 않을 수도 있습니다. 침팬지와 인간의 유전자는 99.5%가 동일하지만, 0.05%의 유전자 차이로 인해 인간과 침팬지가 나뉩니다. 이런 유전자의 차이는 단지 종이 다르게 분화하게 하는 것뿐만 아니라 체내의 다양한 화학적 반응 또한 다르게 만듭니다. 그래서 약물에 대한 반응도 종마다 다르게 나타납니다. 진통, 해열, 소염제로 많이 사용되는 아스피린은 사람에게는 안전하지만, 생쥐와 쥐에는 선천성 기형을 유발하고 고양이에는 미량만

진공관 안의 새 한 마리 시험(An Experiment on a Bird in an Air Pump)
1768년 요셉 라이트

먹여도 혈압 이상을 유발합니다. 항생제의 대명사라 불릴 수 있는 페니실린을 토끼에 먹이면 오줌으로 배설되기 때문에 아무 이상이 없지만, 기니피그와 햄스터는 죽을 수도 있습니다. 이외에도 많은 약물이 인간과 동물에 다른 결과를 야기합니다. 따라서 동물실험을 해도 그 결과를 있는 그대로 믿을 수 없습니다. 새로운 약물을 개발한 경우 인간에게 적용하기 전, 결국 사람을 대상으로 임상 시험을 해야 합니다. 그럼 도대체 왜 동물실험을 하는 걸까요?

《탐욕과 오만의 동물실험》의 저자인 레이 그릭C. Ray Greek과 진 스위글 그릭Jean Swingle Greek은 동물실험이 여러 문제가 있음에도 지속적으로 이루어지는 것은 동물실험 자체가 또 하나의 커다란 산업이 되었기 때문이라고 지적합니다. 사육 시설 생산, 실험동물 사육 및 판매, 실험동물을 죽이는 특수 장비, 전문화된 수술 장비, 실험동물의 조직·기관·혈액 등의 판매, 화학약품 제조업까지 수많은 이해관계가 얽혀 있다는 것이지요. 또 대학교수들은 연구를 해야 실적이 쌓이는데 동물실험을 하면 다른 연구보다 비용이나 시간을 단축할 수 있습니다. 그래서 어느 연구자는 "쥐는 약물이 들어가면, 논문을 토해내는 동물"이라고도 이야기합니다.

동물실험의 폐해는 너무도 자명합니다. 우선 실험동물이 너무도 많은 고통을 받는다는 것이지요. 예를 들어 약물이 눈에 자극이 있나 없나를 살펴보기 위해 토끼를 고정시키고 눈에다 약물을 넣습니다. 이외에도 다양한 약물을 동물의 몸에 투여하고 어떤 반응을 보이는지 살펴봅니다. 사이코패스도 아니고! 동물은 그 과정에서 많은 고통을 겪습니다.

또 다른 문제는 인간 질병 연구에 필요한 재원이 동물실험에 더 많이 사용되는 것입니다. 에이즈의 경우 원숭이에게 있던 원숭이면역결핍 바이러스SIV가 인간에게 전파되면서 질병이 발생했습니다. 에이즈 연구에 많은 돈을 들여 동물실험을 했습니다. 연구진은 에이즈 바이러스를 수천 마리의 원숭이에 감염시키고 어떤 반응이 나타나는지 살펴봤습니다. 하지만 원숭이에는 아무런 증상도 나타나지 않습니다. 원숭이는 에이즈 바이러스의 자연 숙주로, 감염되어도 아무 문제없이 살아가기 때문입니다. 아무런 문제도 생기지 않자 면역력이 정상이기 때문에 문제가 생기지 않는 것이라고 보고, 원숭이에게 면역을 억압하는 약물을 투여한 후 다시 에이즈 바이러스를 감염시켰습니다. 원숭이는 여전히 건강했습니다. 에이즈는 원숭이의 질병이 아니라 면역결핍 바이러스가 인간에게 전파된 후 인간에게서 발생한 질병입니다. 그런데 원숭이의 에이즈 연구를 위해 막대한 비용을 소모하면서 정작 인간 연구에 사용할 재원을 고갈시켰습니다. 실제로 에이즈와 관련된 정보는 동물실험이 아니라 사람 사이에 어떤 경로를 통해서 감염되고 전파되었는지, 증상은 어떻게 나타나는지 등 역학 조사를 통해서 밝혀졌습니다. 만약 동물실험에 쓰인 막대한 비용을 역학 조사에 사용했다면 더 큰 성과를 거두었을 것입니다.

동물실험에 관한 비판이 거세지면서 반드시 필요한 경우에만 심사를 거쳐 동물실험을 실시하도록 하는 법이 마련되었습니다. 과거에는 중·고등학교에서 개구리를 해부하는 실습도 했지만, 현재 모든 동물의 해부실습이 금지되었습니다. 유럽에서는 2004년부터 화장품에 대해 동물실험이 금지되었고 2013년부터는 동물실험을 통해 생산된 화장품을 수입, 판매하는 것도 금지되었습니다. 우리나라도 2016년도부터 화장품 원료의 동물실험을 금지했습니다. 다른 분야에서도 동물실험을 하고자 하는 경우 동물실험윤리위원회IACUC의 심사를 거쳐 실시하도록 하고 있습니다. 동물실험윤리위원회는 '3R'이라는 세 가지 기준으로 허용 여부를 결정합니다. 다른 방법으로 실험을 대체Replacement할 수 없는지, 실험동물의 고통을 줄이는 방법Refinement으로 이루어지는지, 실험에 사용되는 동물의 수는 최소Reduction로 했는지가 그 기준이 됩니다.

사람들은 이런 제도적 개선을 통해 동물실험이 많이 줄었으리라 예상할 것입니다. 그런데 아이러니하게도 동물실험에 사용되는 동물의 수는 해마다 증가하고 있습니다. 2018년에는 전년도에 비해 20.9%나 많은 실험동물이 동물실험에 사용되었습니다. 여러 법률이나 심의를 통해 동물실험을 줄이려고 하는데도 왜 현실은 그렇지 않을까요? '동물실험을 줄이겠다'는 우리의 확고한 의지가 부족해서이지 않을까요? 심사나 제도적 절차뿐만 아니라 우리의 인식도 함께 변화해야 합니다. 어떻게 하면 동물실험을 줄일 수 있을지 더 많은 고민이 필요한 시점입니다.

동물보다 사람이 먼저 아닌가요?

여러분은 사람이 먼저라고 생각하세요? 아니면 동물이 먼저라고 생각하세요? 이렇게 두 개의 선택지 중에 하나를 선택하도록 하는 프레임 자체가 문제입니다.

국회에서는 동물과 관련된 다양한 법안을 만들 때 관계자의 입장을 듣기 위해 공청회를 엽니다. 그런 경우 서로 입장의 차이에 따라 반대되는 주장을 하는 사람들이 있습니다. 가령 체험형 동물원과 관련해 체험형 동물원이 야기하는 여러 문제가 있기 때문에 법으로 금지해야 한다고 주장하는 동물보호단체가 있는 반면, 체험형 동물원을 금지시키는 것은 생존권을 위협하는 것이라고 주장하는 체험형 동물원 관계자가 있습니다. 개고기 식용과 관련해서도 식용견의 고통을 줄이기 위해 개식용을 금지하는 법을 만들어야 한다고 주장하는 동물보호단체와 생존권을 위협하는 법안이라며 반대하는 육견협회가 첨예하게 대립합니다.

동물과 관련하여 생존권의 위협은 아니더라도 유기동물을 돌보거나 길고양이 중성화 수술을 하는 등 동물을 보호하기 위한 지자체의 활동에도 적지 않은 세금이 소요됩니다. 동물복지를 위해 세금을 쓰는 것에 부정적인 의견을 가진 사람들이 있습니다. 그들은 노숙자를 비롯하여 어려운 형편에 있는 사람들도 많은데 그런 사람들을 먼저 도와야지 동물에 세금을 낭비하면 되냐고 비판합니다. 사람들의 먹고사는 문제부터 해결해야지, 동물을 보호하는 것이 먼저냐고 주장합니다.

여러분은 사람이 먼저라고 생각하세요? 아니면 동물이 먼저라고 생각하세요? 저는 두 개의 선택지 중에 하나를 선택하도록 하는 프레임 자체가 문제라고 생각합니다. 사실상 빈곤층의 경제적 어려움은 동물복지에 쓰이는 예산과 상관없이 사회적 재분배에 문제가 있기 때문에 나타나는 현상이라고 봐야 합니다. 통계청에서는 전체 가구를 소득순으로 다섯 구간으로 나누어 소득 5분위 배율을 발표하고 있습니다. 이 통계를 보면 2018년 최하위 가구와 최상위 가구가 평균 5.47배의 차이를 보입니다. 이 비율은 경쟁을 강조하는 신자유주의 체제가 가속화된 이후 지속적으로 증가했습니다. 가난한 사람은 더욱 가난하게, 부자인 사람은 더욱 부자가 된 것입니다. 노숙자를 비롯한 사회 빈곤층이 증가한 것은 사회적 불평등이 심화되면서 부의 분배가 제대로 되지 않은 결과이지 얼마의 예산이 동물복지에 사용되었기 때문이 아닙니다.

그래도 여전히 사람들이 먹고살 만해진 후에 동물복지에 돈을 쓰는 것이 옳다는 주장은 힘이 셉니다. 과연 어느 정도 먹고살 만해야 그 기준을 충족할 수 있을까요? 어떤 통계에 의하면 부자 나라보다 오히려 가난한 나라의 국민들이 더 행복한 것으로 나타납니다. 경제적으로 더 풍요롭다고 해서 또 다른 생명을 배려하며 행복한 삶을 영위할 수 있는 것은 아닌 것 같습니다. 경제적 규모와 상관없이 주변 사람, 더 나아가 주변의 생명을 배려하는 삶을 추구할 때 더 행복해지는 것이 아닐까 생각합니다.

2장

가축과 야생동물의 삶

두 마리 치킨의 유래

비록 돈을 벌고 고기를 먹기 위해 병아리를 키운다고 하더라도 한 생명으로서 존중하는 태도를 가져야 합니다. 늘어난 체중을 감당하지 못해 급사할 정도로 병아리를 개량하고 잠도 재우지 않으면서 사육하는 것은 너무 가혹한 일입니다.

치킨은 한국인이 애정하는 대표적인 간식입니다. 긴 세월 동안 치킨도 많이 달라졌습니다. 과거에는 후라이드 치킨이든 양념치킨이든 한 마리를 주문하면 목 하나, 날개 두 쪽, 닭다리 두 개 그리고 가슴살이 한 상자에 담겨 왔습니다. 그랬던 것이 언제부터인가 두 마리 치킨이나 스틱이나 윙 같은 특정 부위를 모아서 파는 형태가 많아졌습니다. 왜 갑자기 두 마리 치킨이나 부위별 치킨을 판매하게 된 것일까요? 사람들이 치킨을 많이 사 먹으니까 치킨집 사장님이 서비스 차원에서 한 마리를 더 주는 것일까요? 아닙니다. 두 마리 치킨이나 조각 치킨이 유행하게 된 데에는 양계장의 말 못 할 사정이 있습니다.

오래전 농촌에서는 마당에서 닭 몇 마리를 흔하게 키웠습니다. 닭은 사람이 먹고 남은 음식 찌꺼기를 먹거나 풀밭을 돌아다니면서 풀을 뜯어 먹고 자랐습니다. 사람들은 닭에서 달걀을 얻다가 닭이 더는 알을 낳지 못하거나, 특별한 손님이 찾아왔을 때 혹은 삼복더위 같은 때에 삼계탕으로 끓여 먹었습니다. 그러던 것이 해방 이후 달걀 생산을 위해 대규모 산란계 농장이 생겨나고, 알을 낳지 못하는 수평아리를 고기용으로 사육하면서 육계 농장도 늘어났습니다. 처음에는 육계 농장에서 산란계용 수평아리를 사육했지만, 짧은 시간에 더 빨리 체중이 늘어나는 육계용 전용 품종이 개량되면서 육계용 전용 품종만 사육하기 시작했습니다.

닭의 자연 수명은 얼마나 될까요? 놀랍게도 20~30년 정도 됩니다. 하지만 육계용 닭은 제 수명을 누리지 못합니다. 1950년대에는 70일령에, 2008년에는 48일령에 도축했습니다. 지금은 더 짧아져 2013년도 기준 평균 32일령이 되면 도축합니다. 왜 이렇게 빨리 도축하는 것일까요?

그것은 이윤을 최우선으로 생각하는 현재의 공장식 양

미국 플로리다주에 있는 브로일러(불고기용 영계) 사육장

계장 시스템 때문입니다. 지금 키우는 육계용 병아리는 기존 품종을 개량하여 덜 먹고도 빨리 크도록 육종되었습니다. 그 결과 몸무게 1kg 찌우는 데 1.7kg 정도의 사료밖에 들지 않습니다. 대단한 '효율'입니다. 병아리가 빨리 먹고 빨리 자라도록 생후 첫 주 동안 혹은 병아리 시기 내내 하루 24시간 조명을 켜두기도 합니다. 일반적으로는 하루 네 시간 정도 조명을 꺼 잠을 잘 수 있도록 합니다. 죽지 않을 만큼만 재우는 것입니다. 병아리는 온종일 쉴 새 없이 먹기 때문에 하루에도 체중이 50g씩 증

가합니다. 열흘이면 500g씩 체중이 늘어나는 거예요. 대단하지 않나요? 이런 닭은 체중이 팝콘 튀겨지듯 폭발적으로 증가한다고 하여 '팝콘 치킨'이라고 부릅니다.

급격히 증가한 체중은 여러 문제를 낳습니다. 몸이 자랄 때는 근육뿐만 아니라, 뼈나 혈관도 함께 균형 있게 성장해야 건강합니다. 하지만 지금의 양계 시스템에서 병아리는 짧은 기간에 가슴과 다리를 중심으로 과다하게 살이 찝니다. 그러다 보니 30일령이 넘어가면 심장에 과부하가 생겨 경련을 일으키다 급사하는 경우가 많습니다. 걷다가 다리가 부러지기도 합니다. 시간이 지날수록 이런 문제들이 누적되어 폐사율이 증가하기 때문에 병아리들은 32일 만에 도축합니다. 32일령이면 닭이라고 부르기에도 이르고 조금 큰 병아리 정도입니다. 이런 병아리를 한 마리 치킨으로 포장하기에는 너무 작기 때문에 두 마리를 넣어주거나 부위 별로 모아서 판매하는 것입니다.

이렇게 하나 저렇게 하나 어차피 잡아먹을 건데 무엇이 문제냐고 생각할 수도 있습니다. 물론 우리는 가축을 돈을 벌거나 잡아먹기 위해서 사육합니다. 그렇다고 가축을 아무렇게나 대우해도 되는 것일까요? 다른 예를 들자면 사업가가 더 많은 돈을 벌기 위해 노동자를 고용한다고 해서 아무렇게나 대우해도 되는 것일까요? 1970년대에는 더 많은 돈을 벌기 위해 노동자들을 비인간적으로 부려먹었습니다. 열악한 노동 환경이 개선되지 않자, 1970년 전태일이라는 노동자가 근로기준법을 지키라며 분신했습니다. 이후 노동 환경은 다양한 변화를 겪었고 많이 개선되었습니다. 사업가는 비록 돈을 벌기 위해 사업을 하더라도 노동자를 인간으로서 존중하며 대우해야 합니다. 글로 쓰기가 어색할 정도로 너무 당연한 말입니다.

가축에 대해서도 그래야 하지 않을까요? 비록 돈을 벌고 고기를 먹기 위해 병아리를 키운다고 하더라도 한 생명으로서 존중하는 태도를 가져야 합니다. 늘어난 체중을 감당하지 못해 급사할 정도로 병아리를 개량하고 잠도 재우지 않으면서 사육하는 것은 너무 가혹한 일입니다. 우리 인간이 비록 생존을 위해 가축을 이용한다지만, 다른 생명에게 조금 덜 가혹했으면 좋겠습니다.

돼지는 더러운 동물이라는 오해

돼지는 사회성이 높아 동료 돼지와 원만한 관계를 맺으며 뛰어놀기, 햇볕 쬐기, 풀 뜯어 먹기, 진흙과 물 뒤집어쓰기와 같은 행동을 좋아합니다. 사는 동안은 그런 자연스러운 즐거움을 누리면서 살았으면 좋겠습니다.

요즘 도시에서는 말할 것도 없고 시골에서도 돼지 만나기가 쉽지 않습니다. 과거 시골에서는 집마다 한두 마리의 돼지를 키웠습니다. 하지만 최근에는 대규모로 돼지를 사육하는 양돈장 말고는 일반 농가에서 돼지를 찾기란 쉽지 않습니다. 시골 집마다 있던 돼지는 어디로 사라진 것일까요?

여러분들은 '돼지' 하면 어떤 이미지가 떠오르나요? 더럽고 냄새나는 불결한 이미지가 생각나진 않나요? 몸에 똥이 덕지덕지 묻은 양돈장 돼지의 영상이나, 시골길을 지나다 양돈장에서 풍기는 악취를 경험한 적이 있다면 더욱더 그렇습니다. 미야자키 하야오 감독의 〈센과 치이로의 행방불명〉에서는 엄마와 아빠가 게걸스럽게 음식을 먹다가 돼지로 변해버리죠. 아무래도 돼지는 탐욕스러운 동물이라는 인식이 각인된 듯합니다. 하지만 돼지는 그런 동물이 아닙니다.

산에 사는 멧돼지들은 자기 주거지로부터 1km 이상 떨어진 곳에서 볼일을 봅니다. 자기 서식지를 깨끗하게 유지하기 위해서입니다. 돼지는 기본적으로 깨끗한 것을 좋아하고 무리와 어울려 노는 것도 좋아하는 사교적인 동물입니다. 하지만 현재 양돈장은 양계장과 마찬가지로 생산성을 높이기 위해 좁은 공간에 많은 돼지를 사육하고 있습니다. 가축의 움직임을 최소화해야 체중의 증체율을 높일 수 있기 때문입니다. 효율성을 우선시해 높은 밀도로 가축을 사육하는 방식을 '공장식 축산Factory Farming'이라고 합니다. 이런 양돈장은 환경이 그다지 좋지 않기 때문에 돼지는 많은 스트레스를 받습니다.

새끼 돼지는 태어난 지 2~3주가 되면 어미에게서 떨어져 보육 시설로 옮겨집니다. 농림축산식품부가 규정한 '가축 사육 시설 단위 면적당 적정 사육 기준'에는 평당 세 마리를 기르도록 되어 있지만, 현실은 열 마리를 사육하는 경우도 흔합니다. 2010년 통계를 보면 농장 규모가

공장형 축산의 돼지 사육장

100마리 미만인 경우 돼지 한 마리당 제공되는 평균 면적이 0.57평이고 5,000마리 이상의 대규모 농장의 경우 마리당 0.39평에 불과했습니다. 과도한 밀집 사육으로 인해 돼지는 스트레스에 시달리고, 급기야 옆에 있는 돼지의 꼬리를 물어뜯는 행동을 보입니다. 동족을 공격하는 이런 행동을 '카니발니즘Cannibalism'이라고 부르는데, 돼지의 타고난 습관이 아니라 사육 환경이 열악하여 스트레스를 받아 나타납니다. 이런 문제를 근본적으로 해결하기 위해서는 사육 환경을 개선해야 합니다. 그런데 현실은 어떨까요? 다른 돼지를 물어뜯지 못하도록 새끼 돼지의 이빨을 뽑고 꼬리를 잘라버립니다. 통증을 줄이기 위한 마취 같은 수의학적인 처치도 없습니다. 새끼 돼지를 이렇게 다루어도 되는 것일까요?

고통스러운 것은 새끼 돼지뿐만이 아닙니다. 어미 돼지는 스톨Stall이라고 불리는 쇠파이프로 만든 틀 속에 갇혀 새끼 돼지에게 젖을 먹입니다. 스톨에 갇힌 어미 돼지는 꼼짝달싹할 수 없습니다. 새끼를 돌볼 수도 없습니다. 양돈업에 종사하는 사람들은 이렇게 하지 않으면 어미가 새끼 돼지를 물어 죽이거나 깔아 죽인다고 합니다. 왜 어미 돼지는 새끼를 보호하지 않는 것일까요? 세상 모든 동물의 어미는 새끼를 끔찍이 챙깁니다. 볼일을 보면 핥아주고 불편한 데는 없는지 수시로 살핍니다. 돼지 또한 예외는 아닙니다. 그런데 너무 좁은 공간에 가둔 상태로 강제로 임신과 출산을 반복하다 보니 너무 많은 스트레스를 받습니다. 그런 상태에서 새끼에 대한 모정을 기대하기란 어려운 일일 겁니다.

근본적인 해결책은 사육 환경을 개선하고, 번식 주기를 여유롭게 해 어미 돼지가 몸을 회복할 시간을 주는 것입니다. 그런데 단시간에 더 많은 돈을 벌기 위해 반복적으로 어미 돼지가 새끼를 낳도록 하고 스트레스로 새끼를 죽이지 못하도록 스톨에 가둬버립니다. 인간이야말로 정말 잔인한 동물입니다.

유럽연합은 1991년부터 돼지의 꼬리를 자르는 것을 금지했고 2013년도부터 어미 돼지를 스톨에 가두는 것을 금지했습니다. 양돈을 하기 위해 꼭 돼지의 꼬리를 자르거나 돼지를 스톨에 가두어야만 하는 것은 아닙니다. 인간이 먹고살기 위해 돼지를 사육하더라도 사육하는 동안 생명을 가진 존재로 존중하는 태도가 필요하지 않을까 싶습니다. 돼지는 사회성이 높아 동료 돼지와 원만한 관계를 맺으며 뛰어놀기, 햇볕 쬐기, 풀 뜯어 먹기, 진흙과 물 뒤집어쓰기와 같은 행동을 좋아합니다. 사는 동안은 그런 자연스러운 즐거움을 누리면서 살았으면 좋겠습니다.

소고기 마블링에 감춰진 비밀

원래 먹이인 풀이 아닌 옥수수와 대두로 만든 사료는 소에게 고통을 유발하며 또 건강도 해칩니다. 그런 소고기를 많이 먹으면 우리의 건강도 안 좋아질 수밖에 없습니다. 동물의 건강은 인간의 건강과 결코 무관하지 않습니다.

농경사회에서 소는 없어서는 안 될 존재였습니다. 논밭을 맬 때, 추수한 곡식을 운반할 때, 방앗간 맷돌을 돌릴 때도 소는 꼭 필요했습니다. 농부에게 소는 중요한 일꾼으로 가족같이 정성껏 돌보았습니다. 과거 농부들에게 소는 매우 중요한 동반자였기 때문에 소를 잡아먹는다는 것은 상상할 수도 없는 일이었습니다. 만약 농부가 소를 잡아먹는다면 마을 공동체는 그를 미쳤다고 비난할 것입니다. 소고기는 제삿날 제사상에 올리거나 생일날 미역국에 넣어 먹는 정도가 전부였습니다.

해방 이후 축산업이 장려되고 값싼 소고기가 수입되면서 일반 가정집에서도 소고기를 쉽게 먹을 수 있게 되었습니다. 소고기를 먹는 방식도 다양해져 최근에는 특히 구이를 즐겨 먹습니다. 구이용 소고기 중에서도 근육 사이에 지방이 하얗게 골고루 박힌 것이 부드럽고 고소하기 때문에 인기가 높습니다. 근육에 지방이 대리석 무늬처럼 박혀 있다고 해 '마블링' 소고기라고 부릅니다. 하지만 소고기의 마블링은 자연스러운 것이 아닙니다. 이 부위는 어떻게 만들어진 걸까요?

사실 초식동물의 근육에는 지방이 많지 않습니다. 소고기에 지방이 생긴 것은 소에게 옥수수와 대두로 만든 사료를 먹이면서 근육에 지방이 침착된 것입니다. 먹기에 더 부드럽고 고소하니까 좋은 일이라고 여길 수도 있습니다만, 꼭 그렇지는 않습니다. 혹은 어차피 소는 초식동물인데 '풀을 먹이든, 옥수수를 먹이든 무슨 차이가 있을까?'라고 반문할 수도 있습니다. 하지만 큰 차이가 있습니다.

초식동물인 소는 위가 네 부분으로 나뉘어 있어 풀을 씹어 삼키면 위에 있는 세균이 풀을 발효해 영양분을 흡수합니다. 소는 한 번 삼킨 풀을 다시 게워내 되새김질하는 특성을 가졌는데, 이런 동물을 반추동물反芻動物이라고 합니다. 섬유질로 이루어진 풀은 이런 특성을 가진 동물에 알맞은 먹이입니다. 소화가 잘되지 않는 풀을 계속 되새김질하여 장내 정상적인 세균총의 분해와 발효를 통해 서서히 소화시키는 것입니다. 그러나 옥수수와 대두로 만든 곡물 사료는 쉽게 소화되기 때문에 장내에서 빠르게 발효되기 시작합니다. 이 과정에서 가스가 과다하게 만들어집니다. 이 가스는 장내를 산성으로 만들어 정상 세균을 죽여버립니다. 그러면서 사람 몸에도 해로운 병원성 대장균 O157:H7과 같은 세균이 증식하게 되는 것이지요.

게다가 병원성 대장균의 증식을 억제하기 위해 성장촉진제라는 명목으로 항생제를 사료에 섞어 먹이는데, 이는 항생제 내성균을 만들어냅니다. 또한 과다해진 가스가 제때 배출되지 않으면 위가 꼬여 고창증이라는 병을 일으키기도 합니다. 이때 빨리 수술하지 않으면 생명을 잃게 됩니다. 무엇보다 과다하게 발생한 가스는 소의 간이나 주변 장기를 손상시킵니다. 그래서 두 살 정도에 도축된 소를 보면 열 마리 중 두 마리는 간 괴사가 진행되어 소간을 식용으로 사용하지 못하고 폐기합니다.

소에게 옥수수를 먹이게 된 배경에는 합성 비료가 있

습니다. 합성 비료로 가장 많이 수확할 수 있는 작물이 옥수수였기 때문에 옥수수를 과다하게 재배하게 되었습니다. 남아도는 옥수수를 소비하기 위해 소에게 먹이기 시작한 것입니다. 곡물 사료를 섭취한 소는 근육 사이에 지방이 쌓입니다. 정상적이지 않은 조직을 의학적으로 병리조직이라고 부르는데, 초식동물의 근육 사이에 과다하게 축적된 지방은 병리적인 조직이라고 할 수 있습니다. 원칙적으로 병리조직은 폐기해야 합니다. 하지만 곡물 사료를 먹여 사육한 모든 소의 근육에 지방이 쌓이다 보니 축산업 관계자는 묘책이 필요해졌지요. 게다가 저렴한 수입산 소고기와도 경쟁력을 갖추어야 했습니다. 결국 지방이 많이 박힌 고기일수록 더 높은 등급을 받도록 평가 기준을 바꿔버립니다. 외국산 소고기는 지방 함유량이 10% 정도에 불과하지만, 국내에선 20%가량 지방이 박힌 소고기를 최고 등급인 투플러스(++)로 평가하도록 1993년도에 평가 기준을 설정하고 등급제를 시행했습니다.

높은 등급을 받은 소고기와 낮은 등급을 받은 소고기 사이에는 세 배 정도 가격 차이가 있기 때문에 농부는 어쩔 수 없이 소에게 더 많은 곡물 사료를 먹이게 되었습니다. 소비자도 근육 사이에 지방이 많이 박힌 소고기를 고급육이라고 여기게 되었습니다. 이렇게 고기 사이에 지방이 많이 박힌 소고기가 사람의 건강에 좋을까요? 과다하게 섭취된 지방은 혈관벽에 축적되어 혈관을 좁게 만들고 혈액 순환과 관련된 다양한 문제를 야기합니다. 그 결과 동맥경화를 유발하거나 직장암과 같은 질병의 발생 비율을 높입니다.

원래 먹이인 풀이 아닌 옥수수와 대두로 만든 사료는 소에게 고통을 유발하며 또 건강도 해칩니다. 그런 소고기를 많이 먹으면 우리의 건강도 안 좋아질 수밖에 없습니다. 동물의 건강은 인간의 건강과 결코 무관하지 않습니다.

가축의 삶을 변화시킨 옥수수 이야기

늘어난 인구는 지구 생태계 곳곳을 파괴하여 매년 적어도 3만 종이 멸종되고 있습니다. 2019년 UN 보고에 의하면 지구 생물 중 50만~100만 종이 멸종위기에 처해 있으며 야생에 존재하는 포유류 82%가량이 감소한 것으로 나타났습니다. 무엇이 문제였던 걸까요?

닭이 날 수 있는 동물이라는 사실을 아시나요? 대체로 좁은 닭장에 갇혀 있는 모습만 봤기 때문에, 닭이 날 수 있다는 사실이 새삼스럽기까지 합니다. 사실 닭은 날 수 있을 뿐만 아니라 다른 닭과 같이 놀고 흙 목욕을 즐기며 풀도 뜯어 먹고 벌레도 잡아먹는 동물입니다. 확 트인 풀밭에서 자유롭게 자라던 닭이 어떻게 좁은 닭장에서 사육되기 시작한 것일까요? 답은 바로 옥수수에 있습니다.

가축을 높은 밀도로 사육하는 공장식 축산 방식은 과잉 생산된 옥수수가 있어 가능했습니다. 옥수수가 현대 인류와 지구 생태계에 끼친 영향은 대단합니다. 그야말로 옥수수가 인간의 힘을 빌려 지구를 장악했다고 해도 과언이 아닙니다. 옥수수가 지구에 끼친 영향을 이해하는 것은 지금 발생하고 있는 여러 문제를 이해하는 또 하나의 열쇠입니다.

옥수수는 인디언이나 멕시코 원주민 등 여러 민족이 주식으로 삼았던 곡물이고, 그 종류만도 수백 종에 달했습니다. 옥수수는 다른 곡물과 마찬가지로 토지에서 영양 순환이 가능한 정도만 생산해왔습니다. 그러다 옥수수가 화학 비료를 만나면서 생산량이 폭발적으로 증가했습니다.

지구에 생명이 모습을 드러낸 이래로 자연의 유기체들은 질소화합물을 얻을 수 있는 범위 내에서 번성했습니다. 질소는 공기 중 78% 정도를 차지하고 있지만, 질소 원자끼리 삼중 결합으로 단단하게 결합되어 있어 유기체가 쉽게 이용할 수 없습니다. 공기 중의 질소는 질소화합물의 형태로 전환해야 이용할 수 있는데, 콩과 식물에 기생하는 곰팡이 종류나 번개에 의해서만 가능했기 때문에 이용할 수 있는 질소의 양은 한정적이었습니다. 그 결과 아주 오랫동안 지구의 바이오매스Biomass(특정한 어떤 시점에서 특정한 공간 안에 존재하는 생물의 양)는 일정

암모니아 합성법을 발명하여
1918년 노벨화학상을 수상한
프리츠 하버

한 상태였습니다.

35억 년간 일정하게 유지되던 이 균형을 깬 사람이 있습니다. 독일의 천재 과학자 프리츠 하버Fritz Haber, 1868~1934입니다. 제1차 세계대전 당시 유럽 연합군에 의해 폭탄의 원료인 구아노를 칠레에서 수입할 수 없게 되자, 하버는 공기 중의 질소를 고정화하는 하버-보슈 공법을 개발했습니다.

하버-보슈 공법은 철을 촉매로 사용해 고온 고압의 조건에서 질소와 수소로부터 질소화합물을 생산하는 방식입니다. 이렇게 생산한 질소화합물은 전쟁 중에 폭탄 원료로 사용했습니다. 종전 후에는 공장에 쌓인 질소화합물을 처리할 방법을 연구한 끝에 찾아낸 것이 바로 비료입니다. 질소비료는 그때까지 유지되던 농업 생산 방식에 획기적인 전환을 가져왔습니다. 이전의 농업에서 곡물은 사람이 먹고, 남은 부산물은 가축에게 먹여 퇴비를 만들었습니다. 이런 방식으로 순환되는 영양소가 한정적이었기 때문에 농업생산량 또한 한정되어 있었습니다. 하지만 질소비료가 개발되면서 한계가 사라졌습니다.

비료를 이용해 가장 많은 곡물을 생산할 수 있는 작물이 바로 옥수수였습니다. 비료를 이용하면서 옥수수 생산량이 급격히 증가했고, 생산량이 급증한 옥수수는 가격이 폭락했습니다. 또 사람이 먹을 수 있는 옥수수 양은 한정되어 있었기 때문에 옥수수를 소모할 새로운 소비처가 필요했습니다. 긴 연구 끝에 옥수수를 가축에게 먹이는 방법이 개발되었습니다.

비료를 사용하면서 작물의 부산물을 퇴비로 만들던 가축이 필요 없어졌고 가축을 사육하던 가축 방목장 또한 필요가 없어져 그곳에는 더 많은 옥수수를 재배하게 되었습니다. 이는 옥수수 가격의 하락을 더욱더 부채질하는 결과를 낳았습니다. 저렴한 옥수수를 먹여 키운 값싼 소고기와 닭고기가 생산되자 풀밭에 가축을 풀어 키우던 농가는 가격 경쟁력에서 불리할 수밖에 없었습니다. 많은 농부가 파산해 농촌을 떠나 도시 노동자가 되었고 그 과정에서 미국의 농촌은 붕괴되었습니다. 소수의 농가만이 살아남아 광활한 옥수수밭을 경작했습니다. 그 과정을 거쳐 풀밭에서 한가롭게 풀을 뜯던 가축들은 공장식 축산 농장에서 옥수수를 단백질로 변환시키는 기계가 되어버렸습니다.

생물과 환경의 관계를 연구하는 생태학의 공리 중 하나는 '하나의 사건은 하나의 결과만을 가져오지 않는다'라는 것입니다. 화학공장에서 끝없이 생산되는 질소화합물은 지구 생태계에 큰 변화를 가져왔습니다. 공장에 쌓여가던 질소화합물은 폭탄 대신 비료로 사용되었습니다. 비료는 옥수수의 폭발적 생산량 증가를 가져왔으며, 이는 옥수수의 가격 폭락으로 이어져 많은 농민들을 파산시켰습니다.

또 남아도는 옥수수를 처리하기 위해 가축에게 먹이기

시작했고, 그로 인해 풀밭에서 풀을 뜯어 먹던 가축은 좁은 곳에 갇혀 풀이 아닌 곡물을 먹으며 성장하게 되었습니다. 곡물 사료는 가축에 다양한 건강 문제를 야기했으며 농부들은 이 문제를 억제하기 위해 항생제를 일상적으로 먹이게 되었습니다.

오늘날 지구 생태계에서 기후온난화를 비롯한 여러 심각한 문제를 일으키는 근원에는 인간의 이익만 생각하면서 자연의 생명을 대하는 인간 중심주의가 있습니다. 사람들은 당장의 이익만 생각할 뿐 생태계에 어떤 문제를 가져올지에 대해서는 깊이 고민하지 않습니다. 하버는 '공기로 빵을 만든 과학자'라고 평가받으며 노벨상을 수상했고, 사람들은 이 발명을 통해 인류가 식량난에서 벗어날 수 있을 거라 기대했습니다. 하지만 현실은 그렇지 않았습니다. 곡물과 가축 생산량이 증가하면서 1930년대 20억이 되지 않던 인구는 2020년에 이르러 78억이 넘는 상태가 되었습니다. 비료의 개발로 식량 생산량은 늘어났지만, 100년도 채 되지 않아 폭발적인 인구 증가로 인해 더 심각한 식량난을 걱정해야 하는 상황이 되었습니다.

이렇게 늘어난 인구는 지구 생태계 곳곳을 파괴하여 매년 적어도 3만 종이 멸종되고 있습니다. 2019년 UN 보고에 의하면 지구 생물 중 50만~100만 종이 멸종위기에 처해 있으며 야생에 존재하는 포유류 82%가량이 감소한 것으로 나타났습니다. 무엇이 문제였던 걸까요?

사람들은 전 세계적인 기아 문제를 해결하기 위해 식량 생산량을 늘려야 한다고 생각했습니다. 하지만 기아 문제는 선진국의 과다한 축산업, 세계 곡물 유통 구조, 전쟁, 독재 국가의 부정부패, 환경 파괴와 그로 인한 자연 재해, 치유되지 않은 식민지 정책의 잔재 등 여러 가지 복합적인 이유에서 발생합니다. 단순히 식량만 늘려서 해결될 일은 아니라는 것이지요.

과학의 발달로 인해 오랫동안 유지되어온 생태계의 균형이 깨지면서 심각한 문제가 나타나고 있습니다. 지금 이 시간에도 '뛰어난 과학'은 다양한 영역에서 자연의 한계를 극복하고 있습니다. 사람들은 과학기술의 발전에 환호하지만 또 우리가 예상하지 못한 어떤 결과가 우리 앞에 펼쳐질지 알 수 없습니다.

인간의 편의만을 위한 과학의 발전이 장기적으로 인간

에게 유익한 것인지 다시 생각해볼 때입니다. 확실한 것은 건강한 생태계가 유지되지 않으면 인간 또한 건강하게 생존할 수 없다는 것입니다.

가축전염병과 예방적 살처분

우리는 사람이 병에 걸렸을 때 어떻게 해서든 치료하려고 합니다. 그런데 왜 가축은 치명적인 질병도 아닌데 주변의 건강한 가축까지도 살처분을 하는 것일까요? 우리가 비록 먹거리로 이용하기 위해서 가축을 사육한다고 하더라도 생명으로서 존중하는 태도를 가져야 하지 않을까요?

2010년 겨울, 구제역이라는 가축전염병이 발생했을 때 가축을 땅에 무더기로 파묻는 영상을 본 적이 있나요? 방역팀은 땅을 파고 포크레인을 이용하여 살아 있는 소와 돼지를 구덩이에 밀어 넣고 생매장했습니다. 돼지들은 다른 돼지를 밟고 구덩이에서 빠져나오려고 애를 썼지만 소용없었습니다. 송아지는 어찌할 바를 모른 채 어미 소에게서 떨어지지 않으려 안간힘을 썼습니다. 하지만 어미 소와 송아지는 산 채로 구덩이에 파묻혔습니다. 소와 돼지는 마지막 순간까지 괴성을 질렀습니다. 그야말로 아비규환, 지옥이 따로 없었습니다. 그 작업에 참여했던 많은 사람이 꽤 오랫동안 트라우마에 시달렸습니다.

가축전염병이 발생하면 전염병이 확산되는 것을 막기 위해 전염병이 발생한 농장은 말할 것도 없고 인근 500m에서 3km 떨어진 농장의 가축까지 모두 죽입니다. 이를 '예방적 살처분'이라고 합니다. 예방이라는 명목으로 340만 마리가 넘는 소와 돼지가 살처분되었습니다. 당시 실제로 양성 판정을 받은 가축은 153마리에 불과했습니다.

가축전염병에는 이런 방식의 살처분만이 최선일까요? 사람들은 전염병이 확산되면 더 큰 위험이 발생하기 때문에 방지 차원에서 시행되는 것이라고 여깁니다. 하지만 구제역의 경우 돼지나 소가 면역력만 건강하면 대부분 잘 이겨내고 1%가량만이 죽음에 이릅니다. 1%가량이면 높은 것이 아니냐고 생각할지 모릅니다. 하지만 양돈장의 경우 환경이 열악하여 평균 폐사율이 20%가량 됩니다. 그것에 비교하면 1%의 폐사율은 결코 심각한 피해가 아닙니다.

또 살처분하는 것이 경제적으로 이익이 되기 때문이라고 여길 수도 있습니다. 살처분을 하는 경우 우리나라가 얻을 수 있는 이익은 백신 접종으로 예방하는 것보다 외국으로 축산물을 수출할 수 있는 청정국 지위를 빨리 회복하는 것입니다. 이는 축산물을 많이 수출할 때에만 유효한 전략입니다. 하지만 우리나라는 축산물을 수출하기보다 수입을 더 많이 하는 나라로서 2010년 당시 수출액은 20억 원 정도밖에 되지 않았습니다. 그에 비해 많은 수의 가축을 살처분하면서 매몰 보상금 1조 8,240억 원을 포함하여 총 2조 8,225억 원의 비용이 소요되었습니다. 경제적으로 엄청난 손해입니다. 구제역은 그다지 위험한 질병도 아니고, 살처분하는 것이 경제적으로 큰 도움이 되는 것도 아닙니다. 그런데도 왜 살처분을 해야만 했을까요?

그것은 소위 축산 선진국이라는 유럽에서 구제역을 살처분하도록 기준을 정해놓았기 때문입니다. 게다가 구제역을 살처분하도록 규정하게 된 과정을 살펴보면 더욱더 의문을 가질 수밖에 없습니다. 구제역에 걸린 가축을 처음으로 살처분하기 시작한 나라는 영국입니다. 과거 영국 농부들은 구제역을 사람들이 이따금 앓는 감기처럼 대수롭지 않게 여겼습니다. 당시 왕립수의과대학장 찰스 시웰Charles Sewell도 구제역의 전염성은 높지만 회복이 빨라 구제역으로 인한 손해는 5%에 불과하다고 말한 바 있습니다.

그러나 고도로 육종된 소를 사육하던 부농은 구제역에 감염되면 큰 손실을 입었습니다. 그들은 국가에서 구제역을 관리해야 한다고 주장했으나, 일반 농부는 사육하는 소를 모두 죽이고 보상도 제대로 받지 못하기 때문에 손실이 커 반대했습니다. 그러다 우역이라는 가축전염병이 전파되었는데 구제역과 다르게 폐사율이 무척 높은 무서운 전염병입니다. 우역을 막을 수 있는 방법은 감염된 소를 도살해 더는 번져나가지 않도록 하는 것입니다. 우역을 경험한 농부들은 구제역 살처분도 받아들여 1882년부터 구제역 발생에 도살이 단행되었습니다. 하지만 살처분 조치는 소의 사육 규모가 커지면서 시간이 갈수록 많은 문제를 야기했습니다.

영국과 달리 대부분의 유럽 국가는 국경이 인접하여 가축이나 야생동물이 수시로 왕래했기 때문에 구제역은 이미 익숙한 질병이었습니다. 또한 높은 수준의 면역력을 갖추고 있어 구제역으로 인한 피해가 크지 않아 영국의 살처분 정책을 납득하지 못했습니다. 오히려 백신 접종국에 대한 영국의 우월성을 드러내기 위한 것이라고 추측할 뿐이었지요. 그러던 중 유럽연합EU의 출범을 앞두고 구제역 정책을 통일할 필요가 생겼습니다. 1989년 예방 접종과 살처분 정책에 대한 비용 편익 분석을 실시했습니다. 그 결과 해마다 모든 가축에 예방접종을 하는 것보다 구제역이 발생했을 때 해당 가축만 도살하는 비용이 더 적게 든다는 결론이 나왔습니다. 그에 따라 모든 EU 회원국이 구제역 백신 접종을 중단하고 도살 정책을 채택해 백신을 접종한 가축의 수입을 금지하기로 결정했습니다. 이런 결정 과정에서 가축의 생명은 전혀 고려 대상이 아니었습니다. 게다가 대규모 밀집 사육과 같은 축산 환경의 변화도 고려되지 않았습니다.

그 결과 2001년 영국에서 구제역이 발생하였을 때 1,000만 마리가 넘는 가축이 도살되었습니다. 농부에게 지급된 보상금 13억 파운드를 포함해 영국 경제 전반에 걸쳐 80억 파운드의 비용이 소요되었습니다. 당시 영국도 가축 살처분을 통해 얻은 가축 및 관련 상품 수출 분야의 이익은 연간 13억 파운드에 불과했습니다. 배보다 배꼽이 더 큰, 이러한 비효율적인 방역 행위를 우리도

2010년에 똑같이 반복한 것입니다.

구제역 사태를 겪으면서 많은 비판이 있었고, 다행히 이듬해 예방접종을 실시하는 것으로 전환되었습니다. 구제역으로 인해 살처분 당하는 가축 수는 많이 줄었지만, 여전히 구제역이 발생한 농장에서는 살처분을 실시하고 있습니다. 많은 연구를 통해 구제역은 전염성이 강하기는 하지만, 면역력이 강하면 피해가 크지 않은 것으로 밝혀졌습니다. 구제역은 치료만 제대로 한다면 많은 돈을 들이지 않고 가축을 살릴 수 있는 질병입니다.

사람이 병에 걸렸을 때는 어떻게 해서든 치료하려고 합니다. 그런데 왜 가축은 치명적인 질병도 아닌데 주변의 건강한 가축까지도 살처분하는 것일까요? 비록 먹거리로 이용하기 위해서 가축을 사육한다고 하더라도 생명으로서 존중하는 태도를 가져야 하지 않을까요?

아마존의 불꽃과 세계적 축산업

개인의 '선택'에 의해 확산되고 유지되는 과도한 육식은 앞서 살펴본 바와 같이 전 지구적인 문제를 야기합니다. 육식 문화에 숨겨진 불편한 진실 앞에서 우리는 무엇을 할 수 있을까요?

2019년 '지구의 허파'로 불리는 아마존이 몇 달간 대규모 산불로 타들어 갔습니다. 메마른 초원은 가끔 번개에 의해 화재가 발생하기도 하지만, 당시 산불은 자연발생적으로 발생한 것이 아니었습니다. 그해 무려 5만 5,000건의 산불이 발생했는데, 그렇게 많은 산불이 자연적으로 발생할 리는 없을 겁니다. 그 많은 산불의 이유는 개발업자들이 가축을 키울 목적으로 목초지와 경작지를 개척하기 위해 일부러 숲에 불을 질렀기 때문입니다. 숲이 사라진 땅의 65%는 방목장으로 사용되었고, 소를 사육하면서 브라질은 세계 소고기 수출량의 약 20%를 차지하며 세계 1위 소고기 수출국이 되었습니다. 나머지 땅은 미국과 유럽의 축산업에 사용할 대두를 재배하기 위한 경작지로 사용되었습니다.

아마존 밀림은 300만 종 이상의 동식물이 살고 있습니다. 그래서 사람들은 아마존을 종 다양성의 보고라고 합니다. 아마존의 풍요로움은 나무와 수풀이 우거져 있을 때에만 유지됩니다. 아마존 밀림을 산불로 파괴하면 토지를 보호하고 있던 방어막이 사라집니다. 이따금 퍼붓는 스콜의 세찬 빗줄기는 보호막이 사라진 아마존의 토지에서 영양분을 강물로 떠내려 보냅니다. 가축을 방목하는 토지는 가축이 풀뿌리까지 뜯어 먹고 땅을 발굽으로 다지면서 치밀화 작용이 진행되어 빗물이 스며들지 못합니다. 그렇게 몇 년이 흐르면 토지의 영양분이 고갈되어 더는 대두를 심을 수 없게 됩니다. 그러면 또 다른 밀림을 개간해야 합니다. 이런 악순환의 고리 속에서 아마존 밀림은 끝없이 황폐해지고 있습니다. 유엔식량기구FAO에서 발간한 〈축산업의 긴 그림자〉라는 보고서에도 이런 사실이 언급되었습니다. 아마존이 파괴되는 주요 원인이 가축 사육을 위한 곡물 재배에 있다고 밝히며 개간된 아마존의 70%가 방목지로 쓰이고 있다고 지적합니다.

세계적 규모로 이루어지고 있는 축산업으로 인한 폐해는 아마존의 파괴뿐만이 아닙니다. 가장 심각한 문제는 기후 위기입니다. 2009년 월드워치연구소는 지구온난화를 유발하는 이산화탄소의 51%가량이 축산업에서 발생한다고 발표했습니다. 운송업에서 발생하는 양보다 훨씬 높은 수치입니다. 축산업은 이산화탄소뿐만 아니라 지구온난화에 더욱 심각한 영향을 끼치는 메탄과 이산화질소를 각각 37%, 65% 방출합니다.

두 번째는 식량 위기입니다. 인류가 당면한 문제 중 하나는 식량난인데, 인류가 사용하는 전체 농경지의 70%가 축산물 생산을 위한 곡물 재배에 사용됩니다. 전 세계의 많은 사람들이 기아로 굶어 죽는데 농경지의 많은 부분을 가축에게 먹일 곡식을 재배하고 있는 것입니다. 전 세계에서 생산되는 7억 7,300만t 정도의 곡물 가운데 7억 7,200만t이 가축 사료용으로 사용되고 사람이 먹는 곡물은 106만 7,000t에 불과합니다. 대략 전 세계 밀의 50%, 옥수수의 90%, 대두의 93%가 가축의 사료로 사용되고 있습니다. 사료의 상당 부분은 가축의 생명 활동에 쓰이고 남은 일부만이 우리가 먹는 고기로 축적됩니다. 소고기 1kg을 얻기 위해 곡물 7kg이 소모됩니다. 매우 비경제적입니다.

세 번째 문제는 물 부족입니다. 앞으로는 물 부족 현상도 더욱 심각해질 것으로 예측되는데 축산업은 사람이 사용하는 물의 8% 이상을 소비하고 있습니다. 소고기 생산을 위해서는 밀 재배보다 12배의 물이 필요합니다.

네 번째 문제는 축산 폐수와 항생제 및 호르몬제에 의한 환경과 수질 오염입니다. 이러한 오염 물질은 물을 부영양화富營養化시키고 물속에 산소가 고갈되어 생물이 살 수 없는 '죽은 지대Dead Zone'를 형성합니다. 그 결과 지난 20여 년간 산호초의 91%가 백화현상으로 죽음을 맞아 바닷속의 사막화가 진행되었습니다. 사막화는 바다에서만 진행되는 것이 아니라 육지에서도 진행되고 있는데 전 세계적으로 해마다 약 6만 700km²의 토지가 사막화 과정으로 소실되고 있습니다. 여의도의 약 2만 배에 해당하는 면적입니다. 우리의 눈에 보이지 않는 먼 나라에서 진행되고 있지만, 전 지구적 사막화는 심각한 문제입니다. 이런 사막화의 발생은 가축의 과잉 목축, 과잉 경작, 삼림 벌채, 부적절한 관개 시설에서 비롯됩니다.

마지막으로 종 다양성의 손실입니다. 현재 종 다양성의 손실은 자연스럽게 발생하는 멸종 비율보다 50~500배 더 빠른 속도로 진행되고 있습니다. 다양한 동식물의 서식지인 아마존 밀림을 파괴하는 것은 종 다양성에 직접적인 손실을 줍니다. 게다가 야생동물은 계절에 따라 이동해야 하는데, 목축업자들이 그들의 가축을 지키느라 철망으로 울타리를 만들면서 야생동물의 이동을 막아 이들을 죽음으로 내몰고 있습니다.

이처럼 세계적 규모로 이루어지고 있는 축산업은 지구 생명체에 다양한 위협을 가하고 있습니다. 우리가 무엇을 먹을지 결정하는 것은 더는 개인적인 일이 아닙니다. 개인의 '선택'에 의해 확산되고 유지되는 과도한 육식은 앞서 살펴본 바와 같이 전 지구적인 문제를 야기합니다. 육식 문화에 숨겨진 불편한 진실 앞에서 우리는 무엇을 해야 할까요?

사육곰과 반달가슴곰

사육 곰 사업이 개인의 선택이었다고 하더라도, 정부도 곰 사업에서 완전히 자유로워 보이지는 않습니다. 많은 비용을 들여 멸종된 반달가슴곰까지 복원하는 사업을 추진하는 정도라면 고통스러운 상황에 놓인 사육 곰들도 국가에서 나서서 구조를 하는 것이 바람직하지 않을까요?

2019년 반달가슴곰 'KM-53'이 금오산에서 발견되었다는 뉴스가 보도되었습니다. KM-53은 반달가슴곰에 붙인 고유 식별 번호로 한국에서 53번째 태어난 수컷 곰이라는 뜻입니다. 북한에서 들여온 암컷 곰은 NF, 러시아에서 들여온 수컷 곰은 RM과 같은 표식을 붙입니다. 2015년 지리산에서 태어난 KM-53은 2년 후 수도산까지 이동하여 포획, 방사되었으나 또다시 지리산을 벗어나 재차 포획, 방사되었습니다. 2018년도에는 교통사고를 당하기도 했습니다. 그랬던 KM-53이 활동 반경을 더 넓혀 금오산까지 이동한 것입니다. 아무래도 KM-53은 자유로운 영혼인 듯합니다.

KM-53은 반달가슴곰 복원 사업으로 인해 태어난 곰

입니다. 과거 한반도에는 남북 전역에 걸쳐 많은 반달가
슴곰이 살았습니다. 일제 강점기에 해수구제사업이란 이
름으로 한반도 전역에 있던 대형 동물을 몰살시키면서
개체 수가 급격히 줄어들었습니다. 이후 도로 건설과 개
발 사업으로 산림이 파괴되고 이동 경로가 막히면서 개
체 수가 더욱 줄어들다가 1983년 마지막 반달가슴곰이
설악산에서 사살되면서 멸종되었습니다. 2004년부터는
반달가슴곰 멸종 위기종 복원 사업을 진행하여 북한이
나 러시아 등에서 반달가슴곰을 들여와 복원 사업을 시
작했습니다. 반달가슴곰을 자연 환경에 적응시키는 훈련
을 거친 후 지리산에 방사하는 것이었지요.

반달가슴곰 복원 사업은 하나의 종이 자연적으로 존
속 가능한 수치인 50마리까지 개체 수를 늘리는 것을 목
표로 진행되었습니다. 처음에는 반달가슴곰이 자연 상태
에서 짝짓기를 하여 증식이 가능할까 하는 우려도 있었
지만, 사람의 손을 떠난 반달가슴곰은 순조롭게 번식하
여 2020년에는 70마리가 넘은 것으로 파악되었습니다.
반달가슴곰 복원 사업의 1차 목표는 달성한 것으로 평가
됩니다. 앞으로의 과제는 늘어난 개체 수를 관리하는 일

입니다. 반달가슴곰은 그들의 영역을 확보하기 위해 계속 새로운 영역으로 퍼져나갈 것입니다. 그러다 보면 등산객을 만나거나, 먹을 것을 찾아 인근 농가로 내려오거나, KM-53의 경우처럼 교통사고를 당할 확률도 있습니다. 지금부터는 야생동물과 함께 살아가기 위한 지혜가 필요합니다.

반면 우리 눈에 보이지 않는 곳에서 하루하루 고통스럽게 살아가는 또 다른 곰이 존재합니다. 바로 '사육 곰'입니다. 사육 곰은 농산물 수입 개방으로 소득이 급격히 줄어든 농민들에게 1981년부터 정부가 농가소득증대의 일환으로 곰 사육을 권장하면서 시작되었습니다. 하지만 농민들이 곰 사육을 시작하고 얼마 지나지 않아 우리나라가 '멸종위기에 처한 야생동식물의 국제교역에 관한 협약CITES'에 가입하면서 곰 수출입이 금지되었습니다.

또 곰의 웅담은 의약품이나 한약 재료로서 사용되었는데, 웅담 채취에 대한 사람들의 거부감이 커지면서 웅담 산업은 사양길로 접어들었습니다. 그로 인해 현재 사육 곰은 농가의 '돈 먹는 하마'가 되었습니다. 돈벌이가 되지 않는 곰에게 계속 먹이를 주고 똥오줌을 치우는 등

보살핌을 해주어야 하기 때문입니다.

대부분의 사육 곰은 철망으로 만든 좁은 뜬장에 갇혀 하루하루 보내고 있습니다. 개체 수가 증가하지 않도록 중성화 수술을 하고, 몇 마리 곰은 정부에서 매입해 동물원에 보내졌습니다. 하지만 여전히 400여 마리의 사육 곰이 고통받고 있습니다.

농가에서는 곰 사육을 정부가 적극적으로 권장했고, CITES 가입과 같은 국가의 정책 변화로 인하여 판로가 막힌 것이기 때문에 국가에서 보상해주기를 희망합니다. 하지만 정부는 곰 사육을 시작한 것은 개별 농가의 선택이고 개인 사업의 실패를 국가에서 보상해줄 수 없다는 입장을 고수하고 있습니다. 사육 농가와 정부의 입장 차이가 평행선을 걷는 가운데 400마리가 넘는 사육 곰이 좁은 철망에 갇혀 음식물 찌꺼기 같은 것을 받아먹으며 하루하루 고통스럽게 살아가고 있습니다.

사육 곰 사업이 개인의 선택이었다고 하더라도, 정부도 곰 사업에서 완전히 자유로워 보이지는 않습니다. 많은 비용을 들여 멸종된 반달가슴곰까지 복원하는 사업을 추진하는 정도라면 고통스러운 상황에 놓인 사육 곰들도 국가에서 나서서 구조를 하는 것이 바람직하지 않을까요? 그것이 야생동물을 존중하는 일관된 태도일 것입니다.

3장

온전한
지구 공동체를
위해

세균은 우리 몸에 나쁜 병원균일까요

생명체는 생태계의 순환 속에서만 온전히 살아갈 수 있습니다. 지구 생명체의 순환에서 큰 역할을 하는 게 바로 세균과 곰팡이입니다. 지구의 모든 생명은 눈에 띄지 않는 곳에서 생태계를 순환시키는 이런 생명체가 있기 때문에 건강하게 살아가고 있는 것입니다.

외출하고 들어오면 손을 깨끗이 씻어야 한다는 이야기를 많이 듣습니다. 손을 깨끗이 씻지 않으면 좋지 않은 세균에 감염될 수 있기 때문입니다. 또 잘못된 음식은 세균성 설사를 일으키기도 합니다. 우리는 일상생활에서 세균을 경계하면서 살아가는 데 익숙해져 있습니다. 세균은 병을 일으키는 나쁜 병원균이기만 한 걸까요?

최초의 생명체인 세균은 오랜 시간에 걸쳐 다양하게 진화했습니다. 다른 세균과 융합하여 새로운 생명체로 진화했고, 지구의 환경도 끊임없이 변화해 오늘날의 다양한 환경이 만들어졌습니다. 세균을 이해하는 일은 지구의 생명을 이해하는 것과 맞닿아 있습니다.

태초의 지구는 태양열과 자외선에 그대로 노출되어 매

우 뜨거운 상태였습니다. 수시로 천둥과 번개가 내리쳤지요. 35억 년 전, 최초 생명체인 세균이 나타났습니다. 세균은 강한 자외선과 뜨거운 태양열을 피해 물밑이나 진흙탕 속에서 번식했습니다. 세균의 미세한 활동은 천년만년, 억년의 시간이 지나면서 주변 환경을 서서히 변화시켰습니다.

세균은 대기에 풍부했던 암모니아, 메탄, 수소, 황 등을 이용해 번성했습니다. 그 과정에서 광합성을 하는 세균도 나타나고 발효 능력을 갖춘 세균도 나타났습니다. 세균은 주변의 수소를 이용했는데 오랜 시간이 흘러 수소가 고갈되기 시작했습니다. 그러자 지천으로 넘치는 물에서 대체할 수소원자를 찾아냈습니다. 세균은 풍족하게 수소원자를 얻을 수 있었지요.

그런데 여기서 문제가 생깁니다. 물 분자는 수소원자 두 개와 산소원자 하나로 이루어져 있는데, 수소원자를 이용하고 나니 유리된 산소원자가 늘어나게 되었습니다. 우리는 산소호흡을 하고 있기 때문에 산소를 신선한 가스 정도로 생각할지 모릅니다. 하지만 산소원자는 모든 것을 산화시켜버립니다. 강한 철도 산화시켜 녹슬게 만들 정도인데, 무엇인들 산화시키지 못할까요? 산소원자는 세균의 단백질이나 효소, 핵산, 비타민 등 세균의 성장과 번식에 필요한 모든 것을 산화시켜 버렸습니다. 그로 인해 세균은 절체절명의 위기를 맞게 됩니다. 그 과정에 산소를 이용할 수 있는, 새로운 물질대사를 갖게 된 세균이 나타났습니다. 이렇게 산소에 적응한 세균을 호기성 세균이라고 부릅니다. 반면 여전히 산소를 싫어하는 세균이 존재해 이것을 혐기성 세균이라고 합니다. 산소 호흡을 할 수 있는 세균의 출현은 더 활동성이 강한 생명체로 도약하는 계기가 됩니다. 또 대기 중 유리된 산소원자는 대기권에서 오존층을 형성하여 태양의 자외선을 막아줌으로써 생물이 물속이나 진흙에서 벗어나 지상으로 확장할 수 있는 조건을 만들었습니다.

세균은 점차 복잡한 생물로 진화했고, 진핵생물과의 결합을 통해 운동성이 강한 세균은 동물로, 광합성을 하는 세균은 식물로 진화했습니다. 이런 방식이 무수히 반복되면서 오늘날 다양한 생명체가 탄생했습니다. 세균은 유기체와 완전히 하나가 되어 공진화하기도 했지만, 일부는 유기체와 계속 공생하는 관계를 맺었습니다.

2012년 미국 국립보건원은 사람의 몸에 얼마나 많은 세균이 있는지 연구한 '인간 미생물균집 프로젝트HMP'의 결과를 발표했습니다. 연구 결과는 매우 놀랄 만한 것이었는데, 인체에는 미생물 10,000종 1,000조 마리가 서식하며 무게로 따지면 성인 평균 2~3kg 정도에 달한다는 것이었습니다. 세균은 음식물 분해와 흡수를 도우며 비타민을 생성하고 면역작용을 조정하는 등 신체에 유익한 작용을 합니다. 그에 비해 무균 상태의 쥐를 대상으로 한 실험에서는 장내에서 소화와 흡수를 도와주는 세균이 없어 더 많은 음식과 물을 먹어야 했습니다. 모든 동물의 소화기관뿐만 아니라 피부에도 수많은 세균이 살고 있습니다. 하지만 이로 인해 병이 유발되지는 않습니다. 세균은 유기체에 감염되어 있지만, 대부분 병원균으로 작용하는 것이 아니라 공생 관계를 이루고 있기 때문입니다. 세균은 유기체뿐만 아니라, 흙이나 물속과 같은 환경에도 존재하며 유기체의 분비물이나 사체를 분해합니다.

모든 생명체는 제각각 살아가고 있는 듯 보이지만, 완전히 독립된 개체는 없습니다. 생명체는 생태계의 순환

속에서만 온전히 살아갈 수 있습니다. 지구 생명체의 순환에서 큰 역할을 하는 게 바로 세균과 곰팡이입니다. 지구의 모든 생명은 눈에 띄지 않는 곳에서 생태계를 순환시키는 이런 생명체가 있기 때문에 건강하게 살아가고 있는 것입니다. 세균은 병원균이 아니라 지구 생명의 토대입니다.

바이러스는 괴물일까요?

결국 생명의 문제는 '관계'에 달려 있습니다. 오랜 시간 상호 적응해온 자연 숙주와 공존 관계를 유지하는 바이러스는 해를 끼치지 않습니다. 문제는 생태계가 파괴되면서 자연 숙주와 바이러스의 공존 관계가 깨지면서 발생합니다.

코로나19가 팬데믹Pandemic 선언으로 이어질 만큼 전 세계를 위협하고 있습니다. 발생 초기 강한 전파력에 비해 그다지 위협적이지는 않았는데 유럽과 다른 대륙으로 전파되면서 사망률이 높은 형태로 급격히 변이되었습니다.

전염병이 세계적 이슈로 떠오른 것은 사스, 메르스 사태 이후 오랜만의 일입니다. 하지만 가축에 발생하는 가축전염병은 2010년 구제역과 조류인플루엔자 사태 이후 거의 매년 반복되고 있습니다. 그때마다 수백만 마리의 가축이 살처분됩니다. 2019년 말에는 아프리카돼지열병ASF까지 발생하여 강화도의 모든 돼지를 비롯한 경기 이북 지역의 돼지까지 살처분했습니다. '예방'이라는 이름

소독약을 뿌리고 있는 대만

으로 말입니다. 또 야생 멧돼지가 바이러스를 전파한다며 전국적으로 멧돼지 사냥이 환경부에 의해 독려되기도 했습니다. 가축전염병의 전파를 막겠다며 건강한 가축뿐만 아니라 야생동물까지 살처분하는 것을 보면 바이러스가 무섭기는 무서운 것 같습니다.

이상하게 들릴지 모르겠지만, 바이러스는 유기체에 두려운 존재가 아니었습니다. 바이러스는 세균과 마찬가지로 어느 곳에나 있는 존재하며, 유기체는 바이러스가 있는 환경에 적응하며 진화해왔습니다. 인간의 폐에만도

밀라노 레진 공항의 달라진 풍경(2020년 2월 6일)

170여 종의 바이러스가 존재한다고 합니다. 바이러스는 숙주에 치명적인 해를 끼치는 경우 그들의 거처 또한 사라지기 때문에 오랫동안 관계를 맺는 경우 상호 적응하며 변이해왔습니다. 자연의 유기체는 다양한 바이러스와 함께 살아가고 있는 것이지요.

우리는 인류 역사를 통해 흑사병이나 콜레라, 스페인 독감, 에이즈, 에볼라와 같은 바이러스성 전염병을 경험하면서 바이러스가 무서운 존재라고 학습하게 되었습니다. 하지만 문제는 바이러스 자체가 아닙니다. 예를 들어

에이즈를 유발하는 HIV(인체면역결핍바이러스)는 자연 숙주였던 원숭이에게 아무런 증상을 유발하지 않았습니다. 에볼라바이러스 역시 그들의 자연 숙주였던 박쥐에게는 어떤 증상도 일으키지 않았지요. 조류인플루엔자 바이러스의 자연 숙주인 철새는 조류인플루엔자 바이러스에 감염돼도 건강하게 살아갑니다. 뇌염 증상을 유발하며 수백 명의 목숨을 앗아간 니파 바이러스도 동남아시아의 큰과일박쥐에는 아무런 해도 입히지 않았습니다. '나는 여우'라는 별명을 가진 큰과일박쥐에 대해 좀 더 얘기해보겠습니다. 큰과일박쥐는 야생에서 열리는 과일을 먹고, 대규모로 떼를 지어 날아다니며 여기저기 흩어져 살았습니다. 그런데 1980년대 이후 동남아시아 지역에서 농경지 확장을 위한 대규모 벌목이 진행되면서 큰과일박쥐의 주거지와 야생 과일을 구하던 숲이 사라졌습니다. 큰과일박쥐는 먹이를 찾아 북쪽으로 이주할 수밖에 없었고, 말레이시아 반도의 돼지 농장 근처 과수원에 정착했습니다. 그런데 큰과일박쥐를 처음 접하게 된 사람과 돼지는 큰과일박쥐의 니파 바이러스에 무척 취약했습니다. 그 결과 안타깝게도 백 명이 넘는 사람이 죽

큰박쥐류

었고, 돼지 산업은 몰락했습니다.

인류는 왜 이런 심각한 전염병을 경험하는 것일까요? 인류에게 전염병이 나타난 이유는, 다양한 동물을 가축화하고 우리 주변 가까이서 사육하면서 동물에 있던 바이러스가 사람에게 옮겨왔기 때문입니다. 동물과 상호 적응한 바이러스가 인간에게는 그렇지 못했던 것이지요. 또 여러 문명 간의 교류, 밀림의 파괴 등으로 바이러스가 자연에서 인간으로, 인간에서 인간으로 전파되었습니다. 현재 당면한 문제인 코로나19는 중국에서 야생 박쥐나 천상갑을 잡아먹는 과정에서 전파되었을 가능성이 높다고 알려졌습니다.

결국 생명의 문제는 '관계'에 달려 있습니다. 오랜 시간 상호 적응해온 자연 숙주와 공존 관계를 유지하는 바이러스는 해를 끼치지 않습니다. 문제는 생태계가 파괴되면서 자연 숙주와 바이러스의 공존 관계가 깨지면서 발생합니다. 전 세계의 많은 과학자는 코로나19보다 더 무서운 바이러스성 전염병이 앞으로도 계속 발생할 것이라고 우려합니다. 인구는 급증하는 데 반해 열대림은 지속적으로 파괴되고 기후온난화로 인해 환경이 급변하며 바이러스가 인간에게 전파되는 형태로 변이할 가능성이 훨씬 커졌기 때문입니다.

어쩌면 생태계의 진짜 '괴물'은 바이러스가 아니라 생명의 관계망을 무참히 파괴하고 있는 인간이 아닐까요? 코로나19 이후 자연의 생명체와 어떻게 공존해야 할지 깊은 고민이 필요한 때입니다.

식물이 동물보다 열등하다는 편견

우리는 식물이나 세균, 바이러스에 대해 잘 모릅니다. 분명한 것은 그 생명체들 또한 기나긴 역사를 거쳐 나름의 방식으로 진화해왔으며 이 생명체들이 형성하고 있는 생태계 덕분에 우리가 생존할 수 있다는 것입니다.

식물과 동물 중 더 고등하게 진화된 생물은 무엇일까요? 아마도 대부분의 사람은 동물이라고 답할 것입니다. 동서양을 막론하고 이어진 뿌리 깊은 생각입니다. 고대 그리스의 철학자 아리스토텔레스는 식물을 두고 동물의 먹이일 뿐이라고 했으며, 현대 철학자들도 식물은 뇌가 없기 때문에 무슨 일이 일어나는지 알지 못하고 고통도 느낄 수 없다고 주장합니다.

식물은 동물의 먹이에 불과한 존재일까요? 사람들은 의식과 운동 기능을 상실한 사람을 '식물인간'이라거나 국회위원들이 국회에서 아무 일도 하고 있지 않을 때 '식물 국회'라는 표현을 사용합니다. 식물은 어떤 것도 감각하지 못하는 '무능력'한 존재라는 고정관념이 담긴

비유라고 할 수 있습니다. 식물에 대한 이해가 전혀 없는 것이지요.

오늘날의 인간 중심적인 생명관은 많은 문제를 야기하고 있습니다. 그중 하나가 식물에 관한 태도입니다. 생명은 태초의 생명인 세균이 탄생하는 순간부터 시작하여 끊임없이 변화하는 외부 환경에 적응하며 다양한 형태로 진화해왔습니다. 외부의 환경을 감지하고 반응하는 방식은 생물마다 다를 수밖에 없습니다. 진화생물학자 에른스트 마이어Ernst Mayr, 1904~2005는 "원시적인 원생생물조차 서식지에서 맞닥뜨릴 위험을 감지하고 대처하는 능력을 가지고 있다"고 했으며, 철학자인 프리초프 카프라Fritjof Capra, 1939~는 "인지에는 생명의 지각, 감정, 행동 등 전 과정이 포함된다. 따라서 인지에 반드시 뇌와 신경계가 필요한 것은 아니다"라고 지적했습니다. 모든 생물은 나름대로 외부를 인식하고 반응하는데, 생명체마다 그 방식이 다를 뿐이라는 것입니다. 예를 들어 식물은 에틸렌이라는 유기화합물을 감지하는 수용체가 있습니다. 에틸렌은 과일이 익을 때 나는 향기 중에 포함되어 있는데, 식물이 에틸렌 향에 노출되면 과일을 빠르게 숙

파리지옥의 잎

성시킵니다. 이러한 작용으로 인해 하나의 과일이 숙성되면 주변 과일 또한 숙성되는 속도가 빨라집니다. 동시에 여러 과일이 익어야 더 많은 동물을 불러올 수 있고 그만큼 씨앗을 널리 퍼뜨릴 수 있기 때문입니다.

이번에는 파리지옥풀을 살펴봅시다. 파리지옥풀은 외부의 자극에 반응하여 잎을 오므립니다. 잎을 한 번 오므리는 데 많은 에너지가 소모되기 때문에 그에 비해 얻는 영양이 적다면 손해일 수밖에 없습니다. 잎에 부딪히는 빗방울이나 조그만 개미에 반응하여 매번 잎을 오므린다면 잃는 에너지가 더 클 겁니다. 그런 손해를 피하기 위해 파리지옥풀의 잎에는 가는 털들이 나 있는데, 털 중에 하나를 건드리고 약 20초 후에 다른 털을 건드리는 경우에만 함정이 닫힙니다. 빗방울과 같이 동시에 여러 털을 자극하거나 털 하나를 건드리고 다른 털을 건드리지 않으면 닫히지 않습니다. 동물은 몸을 움직이는 데 많은 에너지를 소비하게 되고 이를 충당하기 위해서 더 많은 먹이를 섭취해야 합니다. 인간은 동물의 행동 방식에 익숙하기 때문에 움직이는 것을 자연스럽게 생각하지만, 식물은 덜 소비하고 덜 섭취하는 나름의 방식으로 진화한 생물입니다.

따라서 우리는 식물에 대한 인식의 변화가 필요합니다. 식물은 동물과 다르게 진화해왔고 다른 방식으로 살아가는 생물입니다. 다른 방식으로 살아간다고 하더라도 기본적인 생명 활동을 하지 않는 것이 아닙니다. 동물은 근육을 이용해 적을 피해 도망가거나 먹이를 쫓습니다. 반면 식물은 꽃과 꿀로 곤충을 유혹하고 독을 만들거나 가시로 둘러싸 자신을 보호하는 등 다른 방식으로 대응합니다.

옥수수를 대상으로 한 오랜 연구 끝에 '튀는 유전자

연구실에서의
바바라 매클린톡
(1947년 촬영)

Jumping Genes'를 발견하여 노벨상을 수상한 바바라 매클린톡Barbara McClintock, 1902~1992은 옥수수의 기분을 알아차리는 것도 가능하다고 말한 바 있습니다. 식물의 느낌을 어떻게 알 수 있느냐는 질문에 그녀는 충분히 시간을 갖고 들여다보면서 "대상이 하는 말에 귀 기울이면 된다"고 대답했습니다. 식물이 "나에게 와서 스스로 얘기하도록" 마음을 열고 들으라는 것입니다. 무엇보다 중요한 것은 '생명에 대한 느낌'을 계발하는 일이며, '생명이 어떻게 자라는지'를 깨우쳐야 하며, '생명의 각 부분을 빠짐없이' 헤아릴 줄 알아야 한다는 것입니다.

과거의 철학자들은 동물 역시 고통을 느끼지 못하며

인간을 위한 수단일 뿐이라고 여기기도 했습니다. 뒤에서 더 자세히 설명하겠지만, 데카르트는 동물은 영혼이 없기 때문에 고통을 느끼지 못한다며 살아 있는 개를 묶고 해부 실험을 했습니다. 반려동물 천만 시대인 오늘날 보자면 야만적인 일이 아닐 수 없습니다. 반면 비트겐슈타인L. Wittgenstein은 "말할 수 없는 것에 관해서는 침묵해야 한다"고 했습니다. 우리는 식물이나 세균, 바이러스에 대해 잘 모릅니다. 분명한 것은 그 생명체들 또한 기나긴 역사를 거쳐 나름의 방식으로 진화해왔으며 이 생명체들이 형성하고 있는 생태계 덕분에 우리가 생존할 수 있다는 것입니다.

진화하는 생물, 멸종하는 생물

생물의 진화와 멸종에서 이해해야 할 부분은 약육강식이 아니라 바로 생물과 환경의 관계입니다. 다른 생물종이 급격히 사라지고 있는 상황에서 인간만이 살아남았을 때 인간이 제일 강한 생명체라서 살아남았다고 환호성을 칠 수 있을까요? 인간은 다른 생명체와 함께 만든 건강한 생태계 속에서만 온전한 삶을 살아갈 수 있습니다.

'도도'라는 새를 들어본 적 있나요? 도도는 마다가스카르 동쪽의 모리셔스 섬에 서식했던 새입니다. 커다란 몸집에 비해 날개가 작아 날지 못하는 새였는데, 안타깝게도 멸종되어 한 마리도 남아 있지 않습니다. 도도새는 왜 멸종되었을까요?

35억 년 전, 지구상에 나타난 최초의 생명인 세균은 끊임없는 변화를 거듭하여 오늘날 매우 다양한 형태를 갖추게 되었습니다. 이렇게 꾸준히 변화되어온 과정을 '진화'라고 합니다. 하지만 진화론을 주장한 다윈Charles Robert Darwin은 처음에는 진화라는 용어를 사용하지 않고 '변이를 수반한 유전'이라고 했습니다. 진화라는 용어를 사용할 경우 사람들에게 생물이 더 나은 방향으로 발전하는 것이라는 생각을 심어줄 수 있기 때문입니다. 다윈은 그런 오해가 생기지 않도록 고등생물이나 하등생물과 같은 용어를 사용하지 않겠다고 했습니다. 그럼에도 불구하고 당시 식민지를 확장하고 있던 영국에서는 진화라는 용어를 적극적으로 이용했습니다. 허버트 스펜서Herbert Spencer, 1820~1903를 비롯한 영국의 많은 지식인은 식민 지배를 합리화하기 위해 그들의 우월성을 내세웠고 다윈의 이론을 '진화론'으로 명명하며 제국주의를 뒷받침할 이론적 근거로 삼았습니다. 이러한 논리가 공고해지자 다윈도 어쩔 수 없이 진화라는 용어를 사용하게 되었습니다.

다윈은 생존하거나 멸종되는 것은 자연에 의해 선택되며, 개체 간의 경쟁을 통해 다른 개체보다 더 완벽해졌을 때에 살아남을 수 있다고 주장했습니다. 다시 말해 다윈의 진화론에서 핵심적인 용어는 경쟁을 통한 '자연 선택'입니다. 그의 추종자였던 스펜서는 더 나아가 '적자생존Survival of the Fittest'이라는 용어를 탄생시킵니다. 이후 사람들은 진화를 적자생존이나 약육강식과 같은 방식으로 이해하게 되었습니다.

다윈의 진화론은 생명체가 변화해왔다는 사실을 확고히 했다는 측면에서 우리가 생명을 이해하는 데 크게 기여했습니다. 하지만 생명의 진화에 관해 오해를 만든 부분도 없지 않습니다. 생명의 진화를 경쟁 관계 속에서만 설명했기 때문입니다. 다윈의 이러한 주장은 제국주의가 맹렬한 기세를 떨치던 영국의 시대적 상황과 더불어, 치열한 생존경쟁에서 이긴 사람만이 생존한다고 설파한 당대 최고의 지식인 토머스 로버트 멜서스Thomas Robert Malthus, 1766~1834의 이론에서 큰 영향을 받았습니다.

물론 생물은 경쟁도 합니다. 하지만 더 많은 경우에 공생하고 협력합니다. 사실 진화 자체가 다양한 방식으로 다른 유기체와 공생하며 공진화해온 역사입니다. 운동성을 가진 세균인 스피로헤타는 진핵생물과 결합하여 동물로 진화했고 광합성을 하는 세균은 진핵생물과 결합하여 식물로 진화했습니다.

이외에도 우리는 수많은 공생 관계를 발견할 수 있습니다. 그중 하나는 메마른 암벽에 곰팡이처럼 보이는 지의류입니다. 지의류는 영양분과 수분이 거의 없는 바위에서 살아남기 위해 강력한 생명력을 지닌 균류와 광합성 능력을 가진 조류가 결합해 나타난 생명체입니다. 이외에도 악어와 악어새, 꽃과 나비와 같이 우리가 익히 아는 공생 관계도 많습니다. 이들은 공생을 통해 서로 이익을 얻습니다. 매서운 눈보라가 휘몰아치는 시베리아와 같은 환경에서 살아가는 사슴의 생존은 개체 간의 경쟁이 아니라 무리가 얼마나 잘 협력하여 추위를 이겨내고 적을 방어하느냐에 따라서 생존이 결정됩니다.

다윈은 개체가 환경에 적응하면 살아남고 그렇지 못하면 멸종된다고 이야기했습니다. 하지만 환경은 생물과 동떨어진 별개의 것이 아닙니다. 환경은 온도나 습도 같은 요소 외에도 세균이나 바이러스, 포식자나 피식자와 같은 다양한 생물학적 요소가 결합된 것입니다. 이런 요소들은 단단히 고정된 것이 아니라 끊임없이 변화합니다. 앞서 살펴본 바와 같이 생명 초기의 세균은 환경을 끊임없이 변화시키고 또 변화된 환경의 영향을 받아 세균도 변화했습니다. 생물은 그 생명력으로 인해 환경을 서서히 변화시킵니다. 긴 시간에 걸쳐 변화가 누적되면 환경은 처음과는 사뭇 다른 상태가 됩니다. 생물은 그 변화된 환경에 끊임없이 적응해갑니다.

이러한 환경과 생물과의 관계를 이해하는 데에는 칠레의 인지생물학자이자 철학자인 움베르토 마뚜라나 Humberto Maturana, 1928~와 프란시스코 바렐라Francisco J. Varela의 구조접속 이론이 도움이 됩니다. 마뚜라나와 바렐라는 생물은 환경 속에서 끊임없는 상호작용을 통하여 자기 자신을 만들며 관계를 맺는다고 했습니다. 개체와 환경은 서로 영향을 주고받는 되먹임식의 상호작용을 일으키며 이러한 상호작용으로 인해 둘은 상호 변화를 유발하는 관계를 맺게 됩니다. 개체와 환경의 이런 되먹임식 상호작용은 구조 변화를 서로 주고받는 역사를 만들어내며 마뚜라나와 바렐라는 이것을 구조접속 Strukturelle Kopplung이라고 부릅니다.

생물은 환경의 다양한 요소를 변화시킵니다. 생물의 활동으로 환경이 어떻게 변화할지 알 수 없습니다. 그런 상황에서 인간이 이야기하는 '강한 것'의 기준은 알 수 없습니다. 단순히 덩치가 크고 힘이 센 동물이 강한 걸까요? 소행성 충돌로 지구가 온통 먼지와 가스로 뒤덮여 식물이 죽고 먹을 것이 없어진 대멸종기 상황에서 공룡은 멸종하고 곤충이 살아남았습니다. 큰 체중의 동물

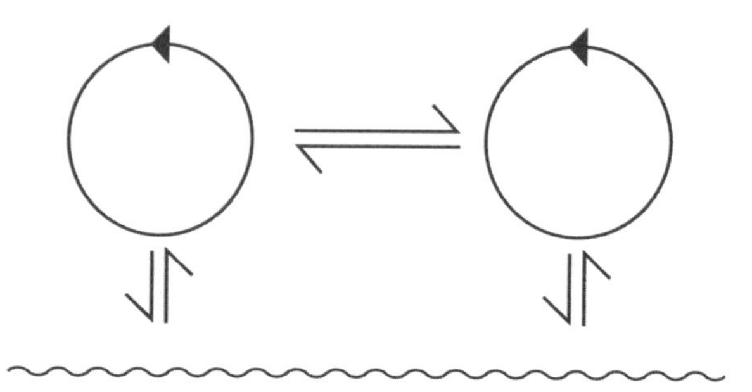

구조접속.
출처 움베르토 마투라나, 프란시스코 바렐라 지음, 최호영 옮김, 《앎의 나무》, 갈무리, 2007.

은 그만큼 체중을 유지하기 위해 더 많은 먹이를 먹어야 하기 때문에 생존력이 떨어질 수 있습니다. 오히려 물과 먹이를 조금만 먹고도 오래 생존할 수 있는 곤충과 같은 형태가 더 유리할 수 있습니다. 또 혹독한 추위에는 땅속에서 겨울잠을 자든, 철새처럼 이동하든 추위를 잘 피하는 개체가 살아남습니다.

지구에는 매우 다양한 환경이 존재합니다. 변화하는 환경에 살아남는 것은 강한 개체가 아니라 변화된 환경에 잘 적응한 개체입니다. 생물은 다른 생물보다 몸집을 키우고 강해지는 방식으로만 진화한 것이 아니라 각자의 환경에 더 잘 적응할 수 있도록 다양한 형태로 진화했습니다. 동굴 속 박쥐의 초음파를 사용하는 능력, 깊은 바닷속에서 물고기가 높은 수압을 견디는 능력과 같이 말입니다. 그 결과 오늘날 생태계에는 다양한 환경에 적응한 다양한 종이 존재하는 것입니다.

사람들은 진화를 다윈이 우려한 것처럼 더 강하고 완벽한 존재로 나아가는 것으로 이해합니다. 그런 시각에서 인간이 가장 고등한 존재라고 여기는 것이지요. 철학자들 중에는 여전히 인간이 동물이나 식물보다 더 우월한 존재라고 믿기도 합니다. 하지만 생물은 마라톤 경주처럼 어떤 하나의 목표를 향하여 경주하지 않습니다. 모든 생명체는 각자의 환경에서 저마다의 방향으로 진화했습니다. 박쥐도, 상어도, 독수리도, 느티나무도, 그 어떤 생물도 인간과 같은 방향을 향해 경쟁하지 않았습니다. 모두 각자의 적소Niche에 적합하게 진화했을 뿐입니다. 인간에게는 이성이라는 특징이 있지만 박쥐에는 어두운 동굴에서 날아다닐 수 있는 초음파가, 상어에는 물속에서 빠르게 헤엄칠 수 있는 지느러미가, 독수리에는 날개가 있습니다. 나무에는 광합성을 할 수 있는 능력이 있습니다. 이런 능력보다 인간의 능력에 더 높은 가치를 부여한 이유가 무엇일까요? 인간이 생물의 다양성을 존중하지 않고 지능을 유일한 기준으로 내세워 다른 생물을 열등시하는 폭력적인 태도 때문이 아닐까요?

서두에 언급한 도도새 이야기를 이어가 보겠습니다. 땅에 떨어진 열매만 주워 먹어도 생존하는 데 아무런 문제가 없었던 도도새는, 날개가 퇴화하는 대신 튼튼한 다리와 열매를 잘 까먹을 수 있도록 부리가 발달한 형태로 진화했습니다. 그들이 서식했던 곳에서는 위협적인 동물도 없었기 때문에 다른 동물을 피하지도 않았습니다. 그렇게 평화로웠던 섬에 유럽인이 상륙해 도도를 무차별적인 살육을 일삼았고, 도도는 순식간에 멸종되고 말았습니다.

지금까지 지구에는 다섯 번의 대멸종기가 있었습니다. 대륙의 이동이나 운석 충돌과 같은 환경의 급격한 변화로 인한 것이었습니다. 현재 매년 3만 종의 생물이 멸종되고 있고 그래서 지금을 '제6의 대멸종기'라고 이야기하는 과학자도 있습니다. 이 대멸종은 인간이 약육강식

도도 모형의 모습

1634년에 묘사된 도도

을 앞세우며 폭력적인 방식으로 생태계를 파괴하고 있기 때문에 진행되고 있는 것입니다.

생물의 진화와 멸종에서 이해해야 할 부분은 약육강식이 아니라 바로 생물과 환경의 관계입니다. 다른 생물종이 급격히 사라지고 있는 상황에서 인간만이 살아남았을 때 인간이 제일 강한 생명체라서 살아남았다고 환호성을 칠 수 있을까요? 결코 그럴 수 없습니다. 인간은 다른 생명체와 함께 만든 건강한 생태계 속에서만 온전한 삶을 살아갈 수 있습니다. 그렇기에 우리가 경쟁과 공생 둘 중에 무엇을 더 중요하게 여겨야 하는지 깊이 생각해 볼 필요가 있습니다.

약육강식이라는 이데올로기에 숨은 폭력

오늘날에는 소위 신자유주의라는 정치경제 시스템이 전 세계적인 질서가 되면서 각 사회의 경쟁이 가속화되고 빈부 격차는 더욱 심각해졌습니다. 누군가가 겪는 폭력과 불평등은 그 사람이 힘없고 나약하기 때문이라고 여깁니다.

인간은 동물에게 가하는 폭력이나 인간 사회 내에 존재하는 불평등을 자연의 질서라며 약육강식이라는 말로 합리화합니다. 자연은 약육강식이 지배하는 곳일까요? 그렇지 않습니다. 우리는 〈동물의 왕국〉과 같은 자연 다큐멘터리를 통해 사자가 사슴을 잡아먹거나 독수리가 작은 새를 잡아먹는 것과 같이 포식동물이 먹이를 사냥하는 광경을 봅니다. 하지만 자연에서 포식동물과 피식동물의 관계만 있는 것은 아닙니다.

식물은 광합성을 통해 스스로 영양분을 생성하고 곤충의 도움을 받아 열매를 맺습니다. 열매를 맺은 후에는 동물이 먹을 수 있도록 하여 동물도 살리고, 씨앗도 널리 퍼뜨립니다. 약육강식의 관계가 아니라 서로 돕는 관계입니다. 개미는 배고픈 다른 개미를 위해 음식물을 게워 내어 먹입니다. 동료에게 나눠주기를 거부한다면 적보다 더 나쁜 취급을 받습니다. 흰꼬리독수리는 여러 마리가 협력하여 먹이를 찾고, 늙은 독수리가 먼저 먹을 수 있도록 먹이를 양보합니다. 늙은 독수리는 다른 독수리가 먹을 수 있도록 망을 봅니다. 그렇게 서로 도우며 살아갑니다.

땅속의 세균이나 곰팡이는 죽은 식물과 동물을 열심히 분해하며 살아갑니다. 이들의 분해 작용 덕분에 생태계가 순환됩니다. 이와 같이 생명체의 관계는 약육강식만으로 이루어지지 않습니다. 강하다느니 약하다느니 하는 것은 인간의 시각일 뿐입니다.

인디언은 생존을 위해 사냥할 때 '동물 형제'에 미안함을 표했습니다. 꼭 필요한 만큼만 사냥했고 동물을 죽일 때에는 가능한 한 고통 없이 죽음을 맞을 수 있도록 했습니다. 동물과 자연에 그들이 살아갈 수 있도록 해준 것에 대해 감사의 마음을 갖고 자연을 대했습니다. 인디언들은 그들의 거주지에서 자연과 함께 수천 년에 걸쳐 공존하며 살았습니다. 자연의 질서가 유지되던 그곳에 유럽인이 침략하여 버팔로를 학살하고 인디언의 땅을 빼

앗고 그들을 쫓아버렸습니다. 그들은 약육강식을 이야기했습니다. 약육강식은 폭력을 행사하는 이들이 자신의 행위를 정당화하는 이데올로기에 불과합니다.

UN의 보고서는 인간의 활동으로 인해 50~100만 종이 멸종 위기에 처했다고 합니다. 야생에 존재하는 포유류의 82%가 감소되었습니다. 약육강식을 내세워 생명이 급격히 멸종하는 것을 지켜보는 것이 바람직한 것일까요? 인간은 약육강식이라는 이데올로기 뒤에 숨어 수많은 종을 멸종에 이르게 했고, 우리 사회도 심각한 불평등을 겪고 있습니다.

오늘날에는 소위 신자유주의라는 정치경제 시스템이 전 세계적인 질서가 되면서 각 사회의 경쟁이 가속화되고 빈부 격차는 더욱 심각해졌습니다. 누군가 겪는 폭력과 불평등은 그 사람이 힘없고 나약하기 때문이라고 여깁니다. 그래서 당하기 싫으면 힘을 기르고 강해지라고 주문합니다. 사회는 그냥 주어지는 것이 아니라 우리가 만들어가는 것입니다. 우리는 미래 세대에게 어떤 세상을 남겨주어야 할까요?

동물복지론과 동물권리론을 넘어서

무엇보다도 동물을 비롯한 다른 생명을 대하는 태도를 바꿔나가야 합니다. 인간은 지구의 다른 생물보다 더 우월한 존재가 아닙니다. 우리는 다른 생물과 마찬가지로 지구에 존재하는, 지성이 조금 더 뛰어난 또 하나의 생물종일 뿐입니다.

2009년 개봉한 〈워낭소리〉라는 독립영화를 기억하시나요? 고즈넉한 산골 마을에서 할아버지와 나이 든 소가 함께 살아가는 이야기입니다. 할아버지는 소의 도움을 받아 힘들게 농사일을 합니다. 그렇게 16년 가까운 시간을 보냈습니다. 노령의 소가 죽자 밭 한가운데 무덤을 만들어 묻고 그 곁에 앉아 애도하는 장면으로 영화는 끝을 맺습니다. 할아버지에게 소는 그저 한 마리의 가축이 아니라 가족이자 동료였습니다.

우리나라에서는 매우 많은 가축이 축산물로 소비됩니다. 동물원의 동물, 실험실의 동물과 같이 많은 동물이 인간에 의해 고통받고 있습니다. 오랫동안 동물은 인간의 소모품으로 간주되었습니다. 아리스토텔레스는 자연은 헛된 것을 만들지 않기 때문에 모든 동식물은 인간을 위해 존재한다고 주장했습니다. 인간을 중심으로 자연을 바라보는 전형적인 시각입니다. 서양 철학의 토대가 된 이 사상은 데카르트에 이르러 정점을 찍습니다. 그는 이원론적인 자연관을 제시했는데, '생각하는 것Res Cogitans'인 정신세계와 '확장된 것Res Extense'인 물질세계가 그것입니다. 이 자연관에 따르면 오직 인간만이 정신세계를 가지며 다른 생명체는 물질로만 이루어져 있습니다. 데카르트는 동물에게는 정신과 영혼이 없기 때문에 고통을 느낄 수 없다며 살아 있는 개를 묶어두고 해부했습니다. 그는 동물을 영혼이 없는 자동인형이라고 여겼습니다. 동물이 울부짖는 것은 고통 때문이 아니라 동물의 내부에 뻐꾸기시계와 같은 장치가 있어 뻐꾸기가 튀어나와 우는 것처럼 울음소리를 내는 것일 뿐이라고 설명했습니다. 오늘날 데카르트의 시각을 받아들일 사람은 아무도 없을 겁니다.

최초의 공리주의 철학자인 제레미 벤담Jeremy Bentham, 1748~1832에 이르러 인간만이 도덕적 고려의 대상이라는 인식은 점차 변화되었습니다. 그는 고통을 느끼는 모든 존재에 도덕적 배려를 해야 한다고 주장했습니다. 벤담의 주장은 철학자 피터 싱어Peter Singer, 1946~에 이르러 강화되었습니다. 싱어는 "한 존재가 고통을 느낀다면 그와 같은 고통을 윤리적 고려의 대상으로 삼길 거부하는 태도를 옹호할 수 있는 도덕적인 논증은 있을 수 없다"며 고통을 느끼는 존재는 인간과 마찬가지로 동등하게 대해야 한다고 주장했습니다. 동물이 당하는 고통은 인간이 아니기에 괜찮다고 여기는 자세는 종차별주의Speciesism라고 비판했습니다. 최대 다수의 최대 행복을 주장하는 공리주의자인 그는 가축을 사육하는 과정에서 고통을 줄이면 동물의 고통은 최소화되고 가축을 통해 사람들의 만족은 커지기 때문에 육식을 허용합니다. 이를 '동물복지론'이라고 이야기합니다.

반면 톰 리건Tom Regan, 1938~2017은 삶의 주체들에는 기본적인 권리가 있으며 기본권을 침해해선 안 되기 때문에 육식을 비롯해 동물을 이용하는 모든 행위를 허용해서는 안 된다고 주장합니다. 리건의 주장은 '동물권리론'이라고 부릅니다. 여러분은 동물복지론과 동물권리론 중 어느 것이 더 타당하다고 생각하나요? 두 주장은 나름대로 의미가 있습니다. 두 철학자가 강조하는 내용을 주의 깊게 들여다보는 것도 사고의 폭을 넓히는 데 도움이 됩니다.

한편 두 주장은 나름의 한계를 지닙니다. 싱어는 고통을 느끼고 즐거움을 경험하는 능력을 유정성Sentience이라고 언급하며, 유정성이 있는 존재만이 이해관계를 갖기 때문에 도덕적 지위를 얻는다고 주장했습니다. 따라서 무척추동물이나 나무는 자신들에게 일어난 일에 대해 신경 쓰거나 고통받지 않기 때문에 그들에게는 도덕적 지위가 없다고 말합니다. 리건은 삶의 주체라는 기준을 '1년 혹은 그 이상 된 정신적으로 정상적인 포유동물'에만 적용했으며 그 외의 생명체는 도덕적 고려 대상에서 배제했습니다. 모두 인간 중심적 사고에서 벗어나지 못한 자의적인 기준일 뿐입니다. 우리는 곤충이나 나무와 같은 생물이 세상을 어떻게 받아들이는지 알 수 없지만, 생물은 각자 나름의 삶을 살아가는 주체들이고 자기 방식대로 세상에 반응하며 살아갑니다. 또한 그들이 이루고 있는 생태계 속에 모든 생물은 상호 연결되어 살아가고 있습니다. 무엇 하나 우리의 도덕적 고려 대상에서 배제할 수 있는 생물은 없습니다. 생명이 있는 모든 것에는 도덕적 지위가 필요합니다.

그럼 우리는 모든 동물을 어떻게 대하는 것이 바람직할까요? 동물도 인간과 같은 방식으로 존중한다면 동물을 잡아먹거나 이용해서는 안 되는 딜레마가 발생하게 됩니다. 이 문제를 어떻게 해결할 수 있을까요? 철학자인 진 커제즈Jean Kazez는 원시시대 동굴인의 사례를 들어 이 딜레마를 해결할 수 있는 방법을 제시합니다. 동굴인은 야생동물을 사냥해야 가족을 먹여 살리고 본인 또한 생존할 수 있습니다. 만약 야생동물을 존중하여 사냥하지 않는다면 가족은 물론이고 본인 또한 굶어 죽게 됩니다. 이것은 가족과 본인을 존중하지 않는 태도입니다. 따라서 커제즈는 본인과 가족의 생존을 위해 동물을 사냥하는 것은 윤리적인 태도라고 말합니다. 그에 비해 오늘날 이루어지고 있는 과도한 육식은 생존을 위한 것이 아닙니다. 오히려 과도한 육식으로 인하여 고혈압, 당뇨병, 암 질환과 같은 건강상의 문제를 비롯해 생태계 파괴를 초래하고 있습니다. 따라서 커제즈는 지금과 같은 과도한 육식은 윤리적인 태도가 아니라고 말합니다. 철학자

폴 테일러Paul W. Tarylor 또한 동물의 기본 이익을 지키기 위해 자신의 생존이라는 기본적인 이익을 희생할 의무는 없다고 합니다. 하지만 생존이라는 기본 이익이 아닌 식도락을 위해 동물의 기본 이익을 침해하는 것은 바람직하지 않다고 주장합니다.

지구상에 홀로 존재하는 생물은 없습니다. 세균이나 식물을 제외한 모든 생물은 다른 생물에 의존해 살아갈 수밖에 없습니다. 인간 또한 지구의 식물과 동물에 의존하여 살아갑니다. 동식물에 의존해 살다 보니 어쩔 수 없이 동식물을 다양한 방식으로 인간의 삶에 이용합니다. 이것은 인간에게 주어진 당연한 권리가 아니라 감사해야 할 일입니다.

그러니 우리는 동식물을 대하는 우리의 태도를 돌아봐야 합니다. 고기를 먹어야만 하는 것인지, 고기를 먹는다면 가축을 고통스럽게 사육하고 있지는 않은지, 또 동물실험을 한다면 꼭 그 동물실험을 해야만 하는 것인지 다시 한번 더 생각하고 행동해야 합니다. 육식은 가능한 한 줄이고 사육하는 가축은 사는 동안 고통받지 않고 그들의 삶을 온전히 누릴 수 있는 환경을 제공해야 합니다.

동물복지 농장에서 적용하고 있는 '동물의 5대 자유'를 지키도록 노력해야 합니다. ①배고픔과 갈증, 영양불량으로부터의 자유 ②불안과 스트레스로부터의 자유 ③정상적 행동을 표출할 자유 ④통증·상해·질병으로부터의 자유 ⑤불편함으로부터의 자유를 보장함으로써 고통을 최소화해야 합니다.

무엇보다도 동물을 비롯한 다른 생명을 대하는 태도를 바꿔나가야 합니다. 인간은 지구의 다른 생물보다 더 우월한 존재가 아닙니다. 우리는 다른 생물과 마찬가지로 지구에 존재하는, 지성이 조금 더 뛰어난 또 하나의 생물 종일 뿐입니다. 우리 종이 강하기 때문에 약육강식의 법칙에 따라 다른 생물을 먹고 이용하는 것이 아니라, 다른 생물에 의존하는 삶을 살 수밖에 없기 때문에 이용하는 것입니다. 그렇기에 우리는 자연의 모든 생물에 존중과 감사의 태도를 가져야 합니다.

아랄해의 비극과 생태계의 비극

개개인으로 생각하면 별거 아닌 것 같지만, 그런 사람들의 행위가 모여 결국 지구의 환경을 파괴합니다. 이제부터라도 작은 변화들이 필요합니다. 우리의 식습관을 한 번에 바꾸기는 힘들더라도 조금씩 변화를 주는 것이 지구의 회복력을 키우는 시작일 겁니다.

아랄해라고 들어보셨나요? 아랄해는 중앙아시아의 우즈베키스탄과 카자흐스탄 경계에 위치한, 세계에서 네 번째로 큰 호수였습니다. 얼마나 컸으면 호수에 바다海라는 이름을 붙였을까요. 하지만 지금은 '배의 무덤'이 되었습니다. 한 해 3만t 정도의 물고기를 낚았던 이곳은 지금 물고기 한 마리 살지 않는 죽음의 호수가 되었습니다. 어떻게 그런 일이 발생한 것일까요?

아랄해의 비극은 1960년대부터 중앙아시아에서 대규모 목화밭을 조성하면서 시작되었습니다. 많은 물이 필요한 작물인 목화를 키우기 위해 아랄해로 유입되던 아무다리야강과 시르다리야강에 100여 개가 넘는 크고 작은 댐을 세웠고 두 강물을 목화밭으로 끌어다 사용했습니다. 그로 인해 아랄해로 흘러들어오던 강물이 해마다 줄어들면서 아랄해가 마르기 시작했습니다. 남한 면적의 3/2에 달하던 호수는 아랄쿰 사막Aralkum Desert이라 불리는 광대한 모래밭이 되었습니다. 수분이 증발하고 염도가 높아지면서 1961년 20종에 이르던 어류가 1970년 11종, 1980년 5종, 1990년에는 1종으로 줄어들었고 결국 그마저도 사라졌습니다. 강바닥에 말라붙은 소금은 소금먼지가 되어 주변 300km까지 영향을 미쳤습니다. 그 결과 강 주변 숲의 90%가 사라졌을 뿐만 아니라 경작지도 농사를 지을 수 없는 상태가 되어 10만 명 이상이 실업자가 되었습니다.

무엇이 그 넓던 아랄해를 이렇게 만들었을까요? 사람들은 바다같이 넓은 아랄해가 언제까지나 그런 모습일 거라고 믿으며 많은 양의 물을 목화밭 재배에 이용했습니다. 소비자가 값싸게 구입해서 입은 면 옷이 아랄해를 죽음의 호수로 만들어버린 것입니다.

이런 과오는 반복해서 일어나고 있습니다. 우리는 아마존을 벌목하고 그곳에 곡물을 심고 가축을 방목합니다. 과도한 토지 사용과 열대림의 파괴로 한 해 여의도

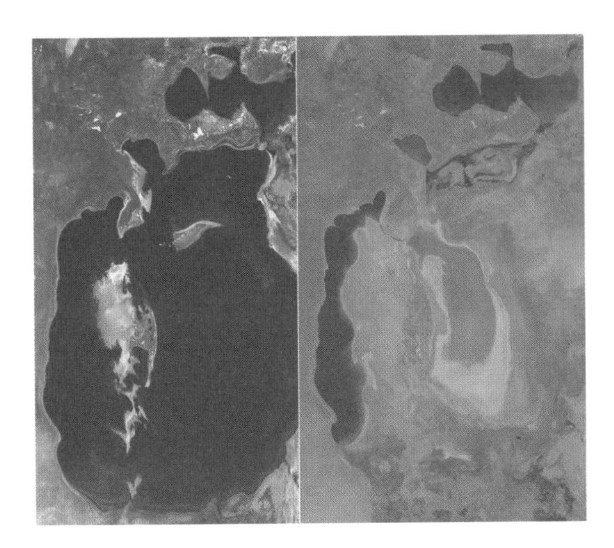

아랄해의 1989년과 2008년의 위성사진

의 2만 배가량의 토지가 사막화되고 있습니다. 열대림은 한 해 동안 1,200만ha의 벌채로 인해 한때 지구 면적의 14%를 차지했었지만, 이제는 거의 절반이 사라져 8%밖에 남지 않았습니다. 자연은 어느 정도의 회복력을 갖고 있지만, 무한정 가능한 것은 아닙니다.

그 결과 오늘날 지구온난화와 생태계 파괴 문제를 심각하게 마주하게 되었습니다. 지구온난화와 생태계 파괴를 촉진하는 것은 인간의 여러 행위가 원인이지만, 그중에 축산이 가장 심각한 영향을 끼치고 있습니다. 지구온난화의 주요 원인인 이산화탄소의 발생량 중 축산 분야가 차지하는 것이 51%에 이르고 종의 멸종이나 생태계 파괴에 큰 부분인 아마존이 파괴되는 것도 축산업 때문입니다.

그럼 이 문제를 완화하기 위해 어떻게 해야 할까요? 그것은 말할 것도 없이 축산물의 소비를 줄이는 것입니다. 하지만 사람들은 '설마 나 하나 먹는 축산물이 지구환경에 무슨 영향을 끼치겠어?'라고 생각하며 우리의 일상이 지구온난화나 생태계에 끼치는 영향을 대수롭지 않게 여깁니다. 지구온난화를 심화시키는 그 많은 축산물은 과연 누가 소비하는 것일까요? 개개인으로 생각하면 별거 아닌 것 같지만, 그런 사람들의 행위가 모여 결국 지구의 환경을 파괴합니다. 이제부터라도 작은 변화들이 필요합니다. 우리의 식습관을 한 번에 바꾸기는 힘들더라도 조금씩 변화를 주는 것이 지구의 회복력을 키우는 시작일 겁니다.

생태적 삶이란

생명이 있는 그대로의 모습으로 자연스럽게 살아가는 것이다.

외부로부터 과도한 에너지나 물질을 들여오는 것이 아니라

주변에 있는 것들로 삶을 꾸려가는 것.

막대한 석유 에너지로 사육되는 과도한 육식을 하는 게 아니라

주변에서 취할 수 있는 제철에 나는 나물로 가벼운 식단을 차리는 삶,

과도한 소비를 줄이고 검소한 삶을 사는 것이 생태적 삶이다.

우리에게 주어진 것 중 당연한 것은 없습니다

주말 텃밭을 일군 지 벌써 20년이 되어갑니다. 농부들이 하는 농사일에 비하면 정말 소꿉놀이 수준의 텃밭입니다. 하지만 아무리 작은 텃밭이라도 밭 하나를 일구는 것에는 철 따라 해야 하는 최소한의 일이 있습니다. 농사처럼 모두 때가 있는 일이지요. 쌀쌀한 기운이 가시지 않은 3월 말부터 텃밭 일은 시작됩니다. 얼어붙었던 땅이 채

풀리기 전이지만, 서둘러 감자 모종을 심습니다. 이때 심지 않으면 7월 장마가 오기 전에 감자를 캘 수 없으니까요. 날이 풀리는 4월 초에는 쌈을 비롯한 여러 채소를 심습니다. 올해도 상추와 쌈 채소 몇 종류, 방울토마토, 오이고추, 파프리카, 콜라비 몇 개씩을 심었습니다.

5평 정도 되는 텃밭에 이 정도 채소를 심으면 한 가족이 충분히 채소를 먹을 수 있습니다. 한 번 쌈 채소를 잎을 따고 다음 주에 찾아가면 다시 무성하게 자라 있습니다. 채소의 생명력이 놀라울 따름입니다. 무성한 채소를 볼 때마다 저의 미약한 노동보다 땅과 햇볕과 물과 바람이 한 일을 떠올립니다. 자연의 힘으로 잘 자란 쌈 채소에도 고맙다는 생각이 들지요.

사실 자연에서 거둬들이는 모든 것이 그렇습니다. 고된 농사일이나 뱃일을 하는 이들의 노동을 폄하하고자 하는 것이 아니라, 자연이 인간에게 베풀어주는 것의 가치를 환기해보고 싶습니다. 인간이 뛰어난 영장류이기 때문에 자연을 정복하고 결과물로서 수확물을 거둔다고 생각할지도 모르지만, 곡식과 물고기는 하루하루 저마다의 삶을 살면서 성장합니다. 우리 인간은 그 결과물을 거둬들인 것일 뿐이고요. 그런 마음으로 생물을 대할 때 우리는 인간 중심의 약육강식 논리가 아닌 자연과 생명에 감사의 마음을 가질 수 있을 거라 생각합니다. 저는 그게 바람직한 일이라 믿습니다.

사람 사이의 관계도 마찬가지입니다. 사람들은 자신이 노력해서 잘 산다고 생각할 수 있지만, 한 사람의 성장에는 부모님과 선생님의 돌봄, 주변 사람과의 관계가 숨어 있습니다. 또 농부와 노동자가 숱한 땀방울로 식량과 사회의 토대를 만들어왔기 때문에 우리가 그 안에서 사회의 일원으로 살아갈 수 있습니다. 우리는 얼굴도 알지 못하는 수많은 타인 덕분에 하루하루 살아가고 있는 것입니다. 내게 주어진 것 중 온전히 내 힘으로 이룬 것은 아무것도 없습니다.

7월이 찾아와 텃밭에 가보면 방울토마토가 몇 알씩 붉게 익습니다. 쌈 상추를 따고 방울토마토도 따서 물에 씻어 먹습니다. 텃밭에서 뜨거운 햇살을 받으며 자란 방울토마토는 비닐하우스에서 자란 방울토마토와 전혀 다른 맛을 선사합니다. 다소 밍밍한 맛과 달리 살짝 짭조름한 맛을 냅니다. 그 짭조름한 맛을 내기 위해 온 힘을 다해 붉어진 방울토마토. 생명이 하는 작은 일에 오늘도 그저 감사합니다.

문밖의 동물들

행복한 공존을 위한 우정의 기술

1판 1쇄 인쇄 2021년 6월 10일
1판 1쇄 발행 2021년 6월 18일

지은이 박종무
펴낸이 김성구

주간 이동은
책임편집 현미나
콘텐츠본부 고혁 송은하 김초록 이슬
디자인 이영민
제작 신태섭
마케팅본부 최윤호 송영우 엄성윤 윤다영
관리 노신영

펴낸곳 (주)샘터사
등록 2001년 10월 15일 제1-2923호
주소 서울시 종로구 창경궁로35길 26 2층 (03076)
전화 02-763-8965(콘텐츠본부) 02-763-8966(마케팅본부)
팩스 02-3672-1873 | 이메일 book@isamtoh.com | 홈페이지 www.isamtoh.com

ISBN 978-89-464-2182-0 03810

- 값은 뒤표지에 있습니다.
- 잘못 만들어진 책은 구입처에서 교환해드립니다.

샘터 1% 나눔실천

샘터는 모든 책 인세의 1%를 '샘물통장' 기금으로 조성하여 매년 소외된 이웃에게 기부하고 있습니다.
2020년까지 약 9,000만 원을 기부하였으며, 앞으로도 샘터는 책을 통해 1% 나눔실천을 계속할 것입니다.